Jean Baptiste Radet

Pauline

La Fille Naturelle

Jean Baptiste Radet

Pauline
La Fille Naturelle

ISBN/EAN: 9783744695749

Printed in Europe, USA, Canada, Australia, Japan

Cover: Foto ©Raphael Reischuk / pixelio.de

More available books at **www.hansebooks.com**

LA FILLE NATURELLE,

COMÉDIE

En trois Actes et en Prose; mêlée de Vaudevilles;

PAR J. B. RADET.

Représentée pour la première fois au Théâtre du VAUDEVILLE, le 22 Germinal, an 4; (11 Avril 1796, v. st.)

A PARIS,

Au Théâtre du Vaudeville.

AN 5. — 1797.

PERSONNAGES.	ACTEURS.
GOURVILLE , ancien militaire , homme de 40 à 45 ans ,	M. VERTPRÉ.
Mad. GOURVILLE , son épouse ,	Mlle. SARA.
GERCOUR , jeune militaire ,	M. HENRY.
PAULINE , jeune orpheline ,	Mme. BLOSSEVILLE.
URSULE , chez qui Pauline est élevée ,	Mme. DUCHAUME.
LEFRANC , Intendant de Gourville ,	M. CARPENTIER.
JACQUOT , garçon Jardinier ,	Mme. DELAPORTE.

O U

LA FILLE NATURELLE,

COMÉDIE.

ACTE PREMIER.

*Le Théâtre représente un sallon ; sur le devant ;
à gauche du spectateur ; une table et tout ce
qu'il faut pour écrire.*

SCÈNE PREMIÈRE.

JACQUOT , LEFRANC , *entrant ensemble , l'un par la
porte du fond, l'autre par une porte de côté.*

JACQUOT , *portant un bouquet d'une main ; et de l'autre
un panier de pêches.*

AH ! c'est vous que je cherchais , M. Lefranc.

LEFRANC.

Bon jour, Jacquot ; tu as déjà fait un tour de jardin,
à ce que je vois ?

JACQUOT.

Oui , vraiment... je me suis dit : v'là Mad. Gourville
et M. Lefranc arrivés d'hier soir ; il est juste c' matin,
en qualité de Jardinier d' la maison, j'leux rende mon
petit hommage. Par ainsi , v'là un bouquet que je destine à madame , et v'là un panier d' pêches que j' vous
prions d' vouloir ben accepter.

LEFRANC.

Comment donc ? voilà qui est fort galant.

JACQUOT.

Ah ! dame.

Air : *Eh! cousi , cousa.*

On sait avec adresse
Placer utilement
Un présent :

A 2

PAULINE,

...eurs à la maîtresse,

...uits à l'intendant.

Ah ! v'là le mot,

V'là le mot,

C'est c' qu'il faut :

...ez faire au p'tit Jacquot.

LEFRANC.

M... et je suis obligé. —

JACQUOT.

Je... e mon devoir.

LEFRANC.

En... dame ; mais avec moi...

JACQUOT.

Qu... jardinier n'est pas bête, il sait ben qu'il faut êt... au vis-à-vis du factoton d' la maison.

LEFRANC.

Tu... un singulier compliment.

JACQUOT.

Je... tant que j' peux : mais vous, monsieur Lefran... convenir que vous êtes né ben chanceux ! gna p... temps qu' vous n'étiez que l' domestique de M. ...ille, et depuis que vous récevez les comptes des f... ous v'là dev'nu l'homme de confiance de mons... madame. Ce que c'est pourtant que de savoir ...ire et compter !... compter sur-tout, ah ! les ch... chiffres !... gna qu' ça pour faire fortune.

LEFRANC.

Va, ...mps-ci, les paysans n'ont pas besoin de chiffre... ien s'enrichir.

JACQUOT.

Ah ...sieur Lefranc, quand vous êtes venu, lia e... mois, en l'absence de M. Gourville, prem... ...ion de c'te terre qu'il v'nait d'acheter, vous nous ...ben de nouvelles; et c'te fois-ci, quoique ... direz de bon ? Paris est-il toujours ben grand ... il toujours ben du monde, ben des coméd...

LEFRANC.

Be... et chacun y joué son rôle le plus adroitement ...

JACQUOT.

Mor... est ben beau la comédie ! je n'ai vu ça qu'un... mais c'était superbe... Oh ! vive Paris !... C'est l... des gens qui se divertissent ben, et qui n' font ...nd chose.

LEFRANC.

Et ...ays-ci comment se porte-t-on ?

JACQUOT.

Ben, dieu merci, j' n'avons ni malade, ni médecin, depuis que feu notre curé est mort : par exemple, lia sa sœur Ursule, celle-là qu'est un tantet babillarde, qui m' demande souvent de vos nouvelles.

LEFRANC.

Ah ! ah ! Et sa jeune parente est-elle toujours bien jolie ?

JACQUOT.

Pauline, vous voulez dire ? Oh ! ça, oui, c'est un' jolie enfant.

LEFRANC.

Charmante.

Air : *Annette, à l'âge de quinze ans.*

Pauline, à l'âge de quinze ans,
A des attraits si séduisans !
Rien de fardé, rien d'emprunté,
 Et la nature,
 Sans imposture,
 Fait sa beauté.

JACQUOT.

Avec ça d' l'esprit, un bon cœur, polie, honnête ; enfin, la meilleure fille du monde ; hors qu'all' n'a ni père, ni mere, v'là tout son défaut.

LEFRANC.

Ne me disais-tu pas qu'elle te demande souvent de mes nouvelles ?

JACQUOT.

Non, c'est mamzelle Ursule, all' dit tant d' bien d' vous, qu' vous êtes un ben brave homme, ben avenant, ben agriable.

LEFRANC.

Eh ! que dit Pauline ?

JACQUOT.

Pauline ! all' ne dit rien.

LEFRANC.

Elle écoute ?

JACQUOT.

Non, all' n'écoute pas ; oh ! all' vous aime ben, mamzelle Ursule.

LEFRANC.

Et Pauline ?

JACQUOT.

All' ne vous aime pas, all' est trop jeune.

LEFRANC.

Eh ! dis-moi : avec tant de beauté, Pauline n'a-t-elle pas quelque amoureux dans le village ?

JACQUOT.

Oh! mon dieu, non. All' est sage, sage... Lia ben
un jeune militaire, un officier qui est en congé dans
le pays, et qui va queuq'fois chez mamzelle Ursule,
un p'tit brin, je crois, à cause d'Pauline.

LEFRANC.

Ah! diable....

JACQUOT.

Oh! c'est comme si y n'y allait pas : le père qui est
un des plus gros propriétaires du canton ne souffrirait
pas qu' son fils épousît une fille qui n'a rien ; car elle
est pauvre, Pauline.

LEFRANC.

Elle ne le sera pas toujours.

JACQUOT.

Tant mieux, jarni ! Elle mérite ben de trouver un
mari qui li fasse sa fortune.

LEFRANC.

Elle le trouvera, elle l'a trouvé... Mon ami, ne vois-
tu pas que je suis le parti qui convient à Pauline !

JACQUOT.

Oui, si vous étiez tant seulement un p'tit brin mieux
fait, pu genti, et pas si vieux...

LEFRANC.

Je ne te parais vieux que parce qu'elle est bien jeune ;
mais je serais encore plus âgé, que l'aimable Pauline
me rajeunirait.

JACQUOT.

Je ne vous conseille pas de l' risquer... Mais j' vas
porter mon bouquet à madame : aussi ben, v'là mamzel'e
Ursule qui vous arrive... Ah ! mon dieu, comme all'
s'est faite brave... C'est pour vous, monsieur Lefranc,
qu'all' a mis sa belle robe.

(*Il sort.*)

SCÈNE II.

LEFRANC, URSULE.

URSULE, *avec volubilité.*

Air : *Une fille est' un oiseau.*

Eh! bonjour, mon cher Lefranc ;
Combien me voilà contente ! *
Le ciel comble mon attente,
Puisqu'à nos vœux il vous rend.
Loin de vous je le confesse,
J'étais bien dans la tristesse ;
Je parlais de vous sans cesse :

Oui, mon cher monsieur Lefranc...
Vous devez être sans doute
Bien fatigué de la route :
Mais, du moins, mon cher ami,
Avez-vous un peu dormi ?
Oui, plus je vous examine...
Vous avez bien bonne mine :
Ah ! tant mieux ; des gens de bien
Devraient tous se porter bien :
Oui, vraiment, les gens de bien
Devraient tous se porter bien.

LEFRANC.

Je suis fort sensible à ce tendre intérêt.

URSULE.

Êtes-vous ici pour long-temps ? Y passerez-vous l'automne ? Madame s'y plaira-t-elle ?

LEFRANC.

Je l'espère.

URSULE.

Ah ! j'en serai fort aise.

LEFRANC.

On n'est pas plus active et plus diligente que mademoiselle Ursule.

URSULE.

Oh ! dame, j'ai toujours entendu dire que le temps est cher ; on ne l'a pas plutôt perdu qu'on ne sait où il est ; pendant qu'on le tient, il faut tâcher d'en profiter.

LEFRANC.

Vous avez raison.

URSULE.

Mais que je vous considère donc ! Je n'en reviens pas ; c'est étonnant : vous ressemblez comme deux gouttes d'eau à défunt Nicolas que j'ai pensé épouser, qui était le meilleur enfant... et beau garçon comme vous, mais ce n'est pas ce que je regardais, quoique ça fasse toujours plaisir. Dieu me l'a ôté, il est le maître... Vous avez toute son apparence, vous parlez comme lui... Mon Dieu ! qu'il m'aimait !... Les temps sont bien changés ; je m'appelle toujours Ursule, et pourtant ce n'est plus de même.

LEFRANC.

Ma foi si Nicolas n'était pas mort, il vous aimerait toujours, j'en suis sûr ; vous êtes si prévenante, si raisonnable...

URSULE.

Hélas ! je fais du mieux que je peux, chacun a ses

défauts , et je n'en chôme pas ; le pis de tout , c'est
que la vie se passe , et plus on va , plus on avance.

LEFRANC.

Voilà une grande vérité : mais parlons de la charmante
Pauline. Ne comptez-vous pas la présenter à madame
Gourville ?

URSULE.

C'est justement pour cela que je suis venue ; elle est
enfin décidée à se placer...

LEFRANC.

Comment !

URSULE.

Si j'avais le moyen de la nourrir, pardi ! je ne deman-
derait pas mieux ; mais on a beau avoir un bon cœur,
on ne vas pas loin avec cela : tout est si cher , les
temps sont si mauvais , et quand on a qu'une petite
rente...

LEFRANC.

Quoi ! vous voulez vous séparer de votre nièce ?

URSULE, *en confidence.*

Elle n'est pas ma nièce.

LEFRANC.

Bah !

URSULE.

Non : c'est feu mon frère le curé qui voulait qu'elle
fût traitée comme notre parente ; et ça, pour empêcher
les questions : qui est-elle ? qui n'est-elle pas ? Mais la
vérité , c'est que la pauvre enfant ne m'est rien , ni
de près , ni de loin , ni à moi, ni à personne.

LEFRANC, *attendri.*

La pauvre petite !... Mais elle n'en est que plus intéressante. (*Vivement.*) Mademoiselle Ursule , que
Pauline vienne ici sur-le-champ.

URSULE.

Mais j'aurais été bien aise de voir madame Gourville,
pour la prier...

LEFRANC.

Oh ! les sollicitations sont inutiles près de madame :
jamais elle n'est bienfaisante , parce qu'il est beau de
l'être , mais parce que vous avez besoin qu'elle le soit.
On peut même se dispenser des remercîmens , car de
tout ce que vous pouvez lui dire , il n'y a que votre
joie qui la récompense.

URSULE.

L'aimable caractère !

LEFRANC.

Ainsi, vous pouvez en toute confiance envoyer Pauline ;
je me charge, moi, de la présenter à madame.

URSULE.

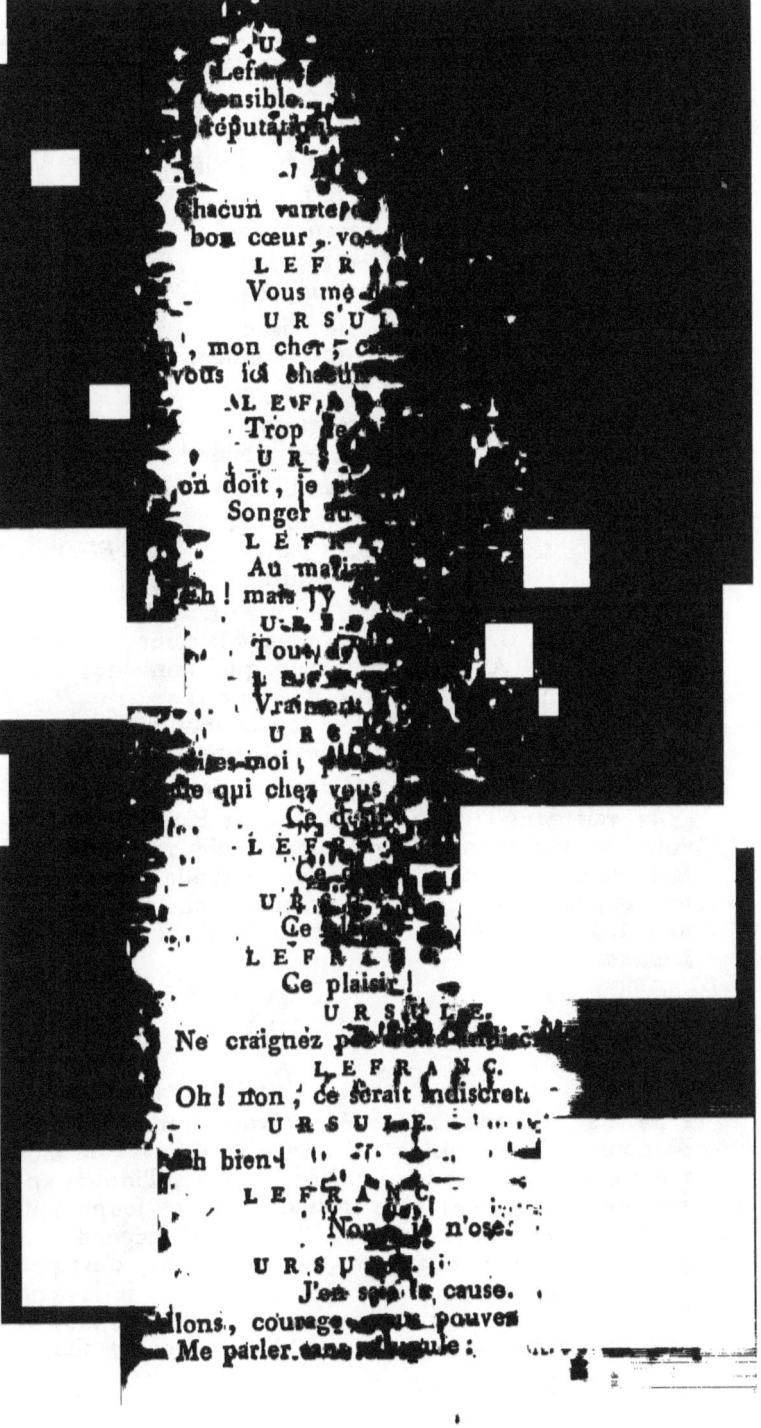

U...
Lefr...
...ensible...
...éputation...

...
Chacun vante... ...
bon cœur, vo...
LEFR...
Vous me...
URSU...
, mon cher ; ...
vous ici chacun...
LEF...
Trop ...
UR...
on doit, je ...
Songer ...
LEF...
Au mali...
Eh ! mais j'y ...
UR...
Tout ...
LEF...
Vraiment ...
URS...
...es-moi, ...
...e qui chez vous ...
Ce ...
LEFR...
Ce ...
URS...
Ce ...
LEFR...
Ce plaisir !
URSULE.
Ne craignez p...
LEFRANC.
Oh ! non ; ce serait indiscret.
URSULE.
Eh bien !
LEFRANC.
Non, il n'ose.
URSULE.
J'en suis la cause.
Allons, courage ... vous pouvez
Me parler sans ...

PAULINE,

Soyez certain que vous avez
Gagné le cœur d'Ursule.

LEFRANC, *à part.*

Le cœur d'Ursule ! ah ! juste ciel !
Comme elle a pris le change.

URSULE.

Elle vous fait l'aveu formel
D'un amour sans mélange.

LEFRANC, *à part.*

Ma foi, la raison
N'est pas ce qui la guide.

URSULE, *à part.*

Le pauvre garçon,
Ah ! comme il est timide !

(*Haut.*)

Rassurez-vous.

LEFRANC, *à part.* } (*Bis.*)
Contraignons-nous.

ENSEMBLE.
URSULE, *à part.*
De Lefranc j'ai touché le cœur,
Ah ! pour tous deux quel bonheur !
LEFRANC, *à part.*
Croire qu'elle a touché mon cœur,
Ah ! comme elle est dans l'erreur !

URSULE, *transportée de joie.*

Je vais dans l'instant vous envoyer Pauline. Au re
voir, mon cher monsieur Lefranc... Vous ne serez pa
fâché de votre choix : intelligence, économie, prévoyance
fidélité, tendresse, soins touchans : vous trouverez er
moi tout ce qui peut assurer le bonheur d'un galan
homme.

(*Elle sort.*)

SCÈNE III.

LEFRANC, *seul.*

Je ne m'attendais pas à recevoir une déclaration
d'amour... Mademoiselle Ursule a trop envie de moi
pour que je me soucie d'elle. Pauline, l'intéressante
Pauline me convient bien mieux... Mais ce jeune militaire dont m'a parlé Jacquot... Oh ! il dépend d'un
père, et moi je suis libre, je me marie, c'est pour
moi ; ma femme est jolie, c'est pour moi ; je la rend
heureuse, c'est encore pour moi, car c'est toujour
pour soi qu'on fait le bonheur de l'objet qu'on aime.

Air de M. Solié.

Si Pauline est dans l'indigence,
Moi, grâce au ciel, j'ai de l'argent :
Pour une honnête et douce aisance,
Mon avoir sera suffisant.
A la compagne de sa vie
On doit offrir un sort heureux.
Ah ! quand on prend femme jolie,
Il faut avoir du bien pour deux.　　(*Bis.*)

Loin d'elle je prétends sans cesse
Chasser le chagrin, le souci ;
Et si parfois de la tristesse
Elle éprouve le sombre ennui,
J'égayerai ma bonne amie,
Car moi je suis toujours joyeux.
Ah ! quand on prend femme jolie,
Il faut de la gaîté pour deux.　　(*Bis.*)

Pauline au printemps de son âge,
A peine touche à ses quinze ans :
Les travaux, les soins du ménage
Pour elle seront fatigans ;
Moi j'aiderai ma douce amie,
Je me sens fort et courageux.
Ah ! quand on prend femme jolie,
Il faut de la santé pour deux.　　(*Bis.*)

On vient... Que vois-je ! un jeune homme ! un militaire !

SCÈNE IV.

LEFRANC, GERCOUR.

LEFRANC.

Que demandez-vous, monsieur ?

GERCOUR.

Quelqu'un pour m'annoncer chez madame Gourville.

LEFRANC.

Monsieur, madame n'est pas visible.

GERCOUR.

J'attendrai. (*A part.*) Ursule vient de me dire qu'elle allait envoyer Pauline, ainsi il faut filer le temps.

LEFRANC.

Monsieur est-il connu de madame ?

GERCOUR.

Pas encore : je viens faire connaissance.

LEFRANC, *à part.*

Quel ton leste.

B 2

G E R C O U R.

On me nomme Gercour, je suis voisin de madame
Gourville, et de plus, cousin de son mari,

L E F R A N C.

Cela peut être, mais son mari n'est pas ici.

G E R C O U R.

Qui l'a donc empêché d'arriver ?

L E F R A N C.

Il y a environ six semaines qu'il a été appellé à Lyon
pour une affaire importante, et lors que nous sommes
partis, madame venait d'en recevoir une lettre par laquelle il lui mande qu'il est encore absent pour un
mois ; mais cela ne prouve rien , car il aime à nous
surprendre,

G F R C O U R.

Eh bien ! annoncez-moi à ma cousine.

L E F R A N C.

Madame ne reçoit aucun homme en l'absence de
monsieur.

G E R C O U R.

Ah ! ah !... Est-ce que ce serait Gourville qui obligerait sa femme à vivre ainsi dans la retraite ?

L E F R A N C.

Monsieur...

G E R C O U R.

Comment ! Gourville, autrefois le petit maître le plus
charmant, l'homme à bonnes fortunes le plus couru...

L E F R A N C.

Oh ! maintenant c'est toute autre chose, il ne lui
reste de ces belles qualités - là que les défauts qui en
sont communément la suite, et depuis son retour d'A-
mérique , ses amis ne le reconnaissent plus.

G E R C O U R.

Bon !

L E F R A N C.

L'homme le plus léger , le plus enjoué est devenu
sombre, pensif ; tout est pour lui sujet d'inquiétude ;
son ombre seule , vue à l'improviste , est capable de
l'agiter.

G E R C O U R.

Ma foi , je le crois beaucoup plus plaisant qu'il n'était
dans sa jeunesse... mais je n'en reviens pas. Versepil,
le ci-devant chevalier de Verseuil , après six mois de
mariage , devenir un mari jaloux !

L E F R A N C.

Il n'a garde d'en convenir , il est bien honteux de
l'être , c'est par raisonnement, par expérience.

Air : *Vaudeville d'Honorine.*

Jadis à tromper bien des femmes
Gourville mit sa gloire et son bonheur,
Et je dois l'avouer , ces dames,
Plus d'une fois ont trompé le trompeur :
Il connaît toutes les finesses
D'un sexe qu'il ne séduit plus,
Et , comme il croit à ses faiblesse ,
Il ne croit pas à ses vertus.   (*Bis.*)

GERCOUR.

Il a tant trompé de maris qu'ils craint d'avoir son tour.

LEFRANC.

Vous l'avez dit : de plus , très-impérieux , violent même.

GERCOUR.

Avec cet aimable caractère , il doit être détesté de tout ce qui l'entoure.

LEFRANC.

Point du tout : il est très-libéral , et une grande générosité est le passeport de bien des défauts.

GERCOUR.

On m'a dit beaucoup de bien de sa femme.

LEFRANC.

On ne vous a point trompé ; madame est la vertu même.

GERCOUR.

Une femme vertueuse à un jaloux ! c'est du bien perdu.

LEFRANC.

Même air.

Une figure intéressante ,
Des sentimens nobles et généreux ;
Une ame pure et bienfaisante ,
Un cœur sensible , un naturel heureux ;
De la vertu sans être autère ,
De l'esprit sans fiel , sans aigreur ;
Et son humeur son caractère ,
C'est la gaîté , c'est la douceur.   (*Bis.*)

GERCOUR.

Elle doit bien rire de la folie de son mari, car il faut convenir que la jalousie fournit des sujets de chagrins qui ne laissent pas que d'être plaisans.

LEFRANC.

Madame plaint sa faiblesse , et s'applique à lui ôter

tout motif de jalousie, même en son absence, comme
vous voyez.

GERCOUR.

Mais cette résolution de se soustraire aux yeux de
tous les hommes ne peut pas me regarder.

LEFRANC.

Tout comme un autre. Le public saisit avec tant de
plaisir toutes les apparences du mal !

GERCOUR.

Air : *Du Jockei.*

Eh! quoi! d'un cousin, son voisin,
On critiquerait la présence !

LEFRANC.

Monsieur, le titre de cousin
N'empêche pas la médisance :
Pendant l'absence de l'époux,
Près de la femme, l'on suppose
Qu'un cousin tourné comme vous
Pourrait devenir autre chose.

GERCOUR.

Vous vous moquez ; c'est une plaisanterie...

LEFRANC.

Non, monsieur. J'entre chez madame : elle doit recevoir quelqu'un ce matin ; mais ce quelqu'un-là n'est
pas un homme.

GERCOUR, *à part.*

C'est Pauline.

LEFRANC.

Ainsi, monsieur, je vous invite à vous retirer... Vous
ne voudriez pas me faire gronder ?

GERCOUR.

J'en serais très-fâché ; mais je suis sûr que si vous
vouliez m'annoncer...

LEFRANC.

Je m'en garderai bien ; il ne faut pas seulement qu'on
sache que je vous ai parlé ici... Serviteur. (*Il sort.*)

SCÈNE V.

GERCOUR, *seul.*

Peste soit des jaloux !... Voilà tous mes projets dé-
rangés ; madame Gourville aurait pu s'intéresser à mon
amour, et déterminer mon père à me donner Pauline...
Au surplus, il faudra bien qu'il me la donne ; car
enfin que lui manque-t-il ? Ce n'est ni la beauté, ni la
vertu, ni l'esprit, ni l'excellent cœur ; et voilà pourtant
les vraies richesse d'une femme.

Air : *Plaire au cœur de ce que j'aime.*

Pour mon cœur le bien suprême,
C'est l'épouse de mon choix :
Si je donne à ce que j'aime,
N'est-ce pas moi qui reçois ?
Les vertus et la sagesse
Sont d'assez grands biens pour moi :
Oui , Pauline , ta sagesse,
Tes vertus font la richesse,
Et je ne puis aimer que toi ;
Non, non, jamais que toi.

Pour mon cœur, etc.

C'est toi seule, ma Pauline ,
Qu'à Gercour le ciel destine ;
Je le sens, et désormais,
    Ma Pauline,
Je suis à toi pour jamais.

Pauline n'arrive pas... Mais puisque je ne puis voir
madame Gourville , qui m'empêche de lui écrire ! Un
billet pourra la déterminer à me recevoir... Voilà justement tout ce qu'il me faut.

(*Il s'assied à la table sur laquelle il pose son chapeau,
et se dispose à écrire.*)

On vient... C'est Pauline !

SCÈNE VI.

GERCOUR, PAULINE.

PAULINE.

Oh ciel !... Vous ici !

GERCOUR.

Je suis venu faire une visite à ma cousine , qui n'a
pas voulu me recevoir ; j'en étais fort triste, il n'y a
qu'un instant, et m'en voilà consolé. Mais , Pauline ,
est-il donc vrai que vous soyez déterminée à quitter ce
séjour ?

PAULINE.

J'aurais voulu vous cacher un départ pénible , mais
nécessaire.

GERCOUR.

Ah ! que dites-vous ! Quoi ! Pauline , vous me dédaignez ?... Tous mes vœux se bornent au seul plaisir de
vous voir, et vous allez me quitter !

PAULINE.

Songez à mon âge, à ma position , et voyez quelle

attention je dois mettre à toutes mes démarches ! Si l'on m'accusait, qui prendrait ma défense ?

GERCOUR.

Toutes les personnes sensibles. Si les gens vertueux sont rares, ceux qui estiment la vertu ne le sont pas.

PAULINE.

Dans l'état où je suis, la nécessité ne me trace qu'un chemin, je ne puis le quitter sans m'égarer.

GERCOUR.

Ah ! songez au désespoir où vous m'allez réduire !

PAULINE.

L'heureux Gercour aura bientôt oublié l'infortunée Pauline.

GERCOUR.

Moi ! t'oublier !

PAULINE.

Si vous voulez me prouver cette amitié dont vous cherchez à m'assurer, ne vous opposez pas à mon pro-jet : je suis condamnée à une vie simple et active Abandonnée en naissant au soin de la providence, tous les êtres qui m'environnent tiennent à d'autres par quelques liens ; moi, seule, je me trouve isolée dans toute la nature.

GERCOUR.

Non, vous n'êtes point abandonnée ; un cœur pénétré de tendresse tient à vous, vous révère, vous aime... Vous voyez à vos pieds un amant, un époux, si vous dai-gnez l'accepter.... Levez sur moi ces yeux charmans ; qu'ils me disent seulement que vous ne me haissez pas, et je me lie à vous pour jamais... (*Pauline lui tend la main et il se relève.*) O ma Pauline ! ce regard m'an-nonce mon bonheur, et l'a déjà commencé.

PAULINE.

Ah ! s'il était permis d'écouter son cœur !... Mais, Gercour, vous dépendez d'un père....

GERCOUR.

A-t-il de droit de contraindre mon choix ?

PAULINE.

Il doit l'avoir.

Air : *Vaudeville de l'Officier de fortune.*

La nature et l'expérience
De nos parens font le pouvoir :
Envers eux de la confiance
La raison nous fait un devoir.
Quand leur choix au nôtre est contraire,
C'est qu'ils veulent notre bonheur.
Ah ! comme vous que n'ai-je un père ⎫
Pour diriger mon faible cœur !   ⎬ (*Bis.*)
                                   ⎭

GERCOUR.

GERCOUR.

Mon père est bon , il m'aime, il veut me voir heureux,
et quand il vous connaîtra...

PAULINE.

Laissez-moi refuser vos offres ; comment voulez-vous
que je consente à un mariage qui, j'en suis sûre, vous
brouillerait avec votre famille, avec les gens qui vous
estiment, et avec moi peut-être !... Vous ne pourriez
pas aimer long-temps une femme qui ne vous aurait
apporté que du malheur.

GERCOUR.

Pauline changer à mes yeux !

PAULINE.

Vous sentiriez bientôt les sacrifices que vous auriez
faits à la pauvre Pauline.

GERCOUR.

Jamais ! jamais !

DUO.

Air : *Quand un amant.*

GERCOUR.	PAULINE.
Toujours amant,	Souvent l'amant,
Toujours aimant,	Le plus aimant,
Mon cœur content,	En un instant,
Serait constant.	Est inconstant.
Qu'un doux retour	L'hymen un jour
Fixe l'amour,	Éteint l'amour ;
Un beau jour luit,	Plaisir s'enfuit,
Bonheur le suit.	Chacun le suit

Bis. ... *4 fois.* ... *Bis.* ... *4 fois.*

PAULINE.

Le repentir, les regrets, les ennuis
Suivent de près des nœuds mal-assortis.

GERCOUR.

Mal-assortis !

PAULINE.

Mal-assortis.

GERCOUR.

De tes vertus mes biens seraient le prix ;
Quels nœuds jamais furent mieux assortis !

ENSEMBLE.

GERCOUR.	PAULINE.
Toujours amant, etc.	Souvent l'amant, etc.

C

SCÈNE VII.

LES MÊMES, LEFRANC.

LEFRANC.

Quoi ! monsieur, vous n'êtes pas parti ? Éloignez-vous bien vite... Madame va venir, et je serais désolé qu'elle vous rencontrât...

GERCOUR.

Allons... je reviendrai...

LEFRANC.

La voici... Sauvez-vous...

GERCOUR.

Je m'enfuis.

(Il se sauve et oublie son chapeau qui reste sur la table.)

LEFRANC.

Ne craignez rien charmante Pauline ; et voyez madame avec confiance ; je lui ai parlé de vous de manière à vous assurer l'accueil que vous méritez à tant de titres...

(Il sort après avoir avancé des sièges.)

SCÈNE VIII.

PAULINE, MAD. GOURVILLE.

Mad. GOURVILLE, à part.

Effectivement, cette jeune personne a l'air doux et honnête.

PAULINE, avec timidité et embarras.

Madame... Je viens vous prier... Monsieur Lefranc a dû vous dire...

Mad. GOURVILLE, avec le ton de l'intérêt.

Oui, Pauline, je sais que vous voudriez trouver une place à Paris, et je serai fort aise de vous être utile.

PAULINE.

Ah ! madame, on m'avait bien dit que le malheur était une recommandation sûre auprès de vous.

Mad. GOURVILLE.

Les malheureux sont mes amis ; si j'étais plus riche, ils seraient mes enfans.

PAULINE.

Je crains d'abuser...

Mad. GOURVILLE.

Quittez cet air de contrainte ; demander un service à une personne, c'est l'estimer ; prodiguer les excuses, c'est douter du plaisir qu'elle peut avoir à obliger. (Elle s'assied et fait asseoir Pauline.) Parlez-moi donc avec une entière confiance. Est-ce le désir de voir Paris qui détermine votre voyage ?

PAULINE.

Non , madame , la curiosité n'entre pour rien dans
ce projet ; au contraire , l'idée que j'ai de Paris ne
servirait qu'à m'en éloigner , si je n'avais l'espoir d'y
trouver contre l'indigence des ressources que je cher-
cherais vainement ici.

Mad. GOURVILLE.

C'est qu'à votre âge , mon enfant ; le séjour d'une
grande ville a bien des écueils.

PAULINE.

Je le sais , madame ; mais on m'a donné de bonne
heure des principes dont j'espère ne jamais m'écarter ,
et je crois que l'on est sage par-tout où on veut l'être.

Mad. GOURVILLE.

Cela est vrai... Eh bien ! ma chère Pauline , voyons ,
que pourrais-je faire pour vous être vraiment utile ?

PAULINE.

Toute mon ambition serait de n'être plus à charge à
mademoiselle Ursule.

Mad. GOURVILLE.

Est-ce qu'elle n'est pas votre parente ?

PAULINE.

Non , madame.

Mad. GOURVILLE.

Mais n'avez-vous pas votre père... votre mère... Vous
soupirez... Ah ! je vois que je vous rappelle le souvenir
de leur perte , et j'en suis bien fâchée... Que je vous
plains !

PAULINE.

Oh ! oui , madame ; je suis bien à plaindre.

Air : de M. Solié.

J'ignore quelle est ma naissance ,
Je ne connais point de parens ;
Le ciel , dès ma plus tendre enfance ,
Me priva de leurs soins touchans :
Jamais dans les bras de mon père ,
Je ne courus pour l'embrasser ;
Jamais sur le sein de ma mère , } *Bis.*
Mon cœur ne se sentit presser.

Mad. GOURVILLE.

Pauvre enfant !

LES MÊMES.

Peut-être ai-je encore mon père ,
Mais le ciel m'ôte son secours ;
Loin de lui , triste , solitaire ,
Je l'appelle en vain tous les jours :

C 2

Il n'est personne qui réponde
Aux desirs que je puis former.
Hélas ! je reste seule au monde,
Avec un cœur fait pour aimer.   } *Bis.*

Mad. G O U R V I L L E.

Comment ! vous ignorez si votre père vit encore, et
vous ne l'avez jamais vu ?

P A U L I N E.

Jamais.

Mad. G O U R V I L L E.

Quel était son état ?

P A U L I N E.

Je l'ignore : recueillie par l'honnête curé de ce village , je lui dois ma subsistance et mon éducation :
mais ce pasteur vertueux n'existe plus : cette perte est
irréparable , et mes regrets seront éternels.

Mad. G O U R V I L L E.

Ah ! je le crois ; je vois par la manière dont vous
pensez , que vous lui devez beaucoup.

P A U L I N E.

Sa mémoire sera toujours gravée dans mon cœur, et
je m'efforcerai de l'honorer par ma conduite.

Air : *Du Jockei.*

Ce bienfaiteur si regretté
Qui prit soin de ma faible enfance,
Les méchans l'ont persécuté,
Sans altérer sa patience.
Par l'exemple que sut m'offrir
Son ame grande et vertueuse,
Il m'apprit à beaucoup souffrir,
Sans me trouver trop malheureuse.

Mad. G O U R V I L L E.

Votre courage , ma chère Pauline , vous élève au-dessus
du malheur et de votre condition présente , mais je
puis la rendre meilleure , sans que vous soyez obligée
d'aller à Paris. Sans doute les intentions de mon mari
s'accorderont avec les miennes , et je n'aurai besoin que
de le prévenir.

S C È N E   IX.

L E S   M Ê M E S ,   J A C Q U O T.

J A C Q U O T, *tout essouflé.*

Ah ! madame, madame.. j' vous demande pardon si
j'entre comme ça ; mais c'est pour annoncer une bonne
nouvelle.

Mad. GOURVILLE.

De quoi s'agit-il ?

JACQUOT.

Air : *Du port Mahon.*

Ah ! je respire à peine...
Je suis, vraiment... je suis hors d'haleine ;
Mais c'est qu'aussi, morguenne !
Sans me faire prier,
Je suis v'nu... j'ai couru... pour vous l'dir' le premier.

Mad. GOURVILLE.

Pour me dire quoi ?

JACQUOT.

J'étais à travailler au bout de la terrasse du jardin ;
v'là que j'ai vu sur la grande route, auprès du p'tit
bois... là-bas, là-bas... ben loin encore, mais c'est égal,
j' l'ai reconnu.

Mad. GOURVILLE.

Qui reconnu ?

JACQUOT.

Un cheval blanc, grand galop, ventre à terre... Oh !
c'est lui, c'est lui... Pourtant, si ce n'était pas lui !

SCÈNE X.

LES MÊMES, LEFRANC.

LEFRANC.

Madame, voilà monsieur qui arrive.

Mad. GOURVILLE.

Mon époux !

LEFRANC.

A l'instant même il descend de cheval.

JACQUOT.

C'est égal... j' l'ai annoncé l' premier.

Mad. GOURVILLE.

Ma chère Pauline, avant de vous présenter à mon
mari, je veux lui parler de vous ; vous m'intéressez on
ne peut davantage, et nous nous reverrons bientôt.

PAULINE.

Ah ! madame, toutes vos paroles sont autant de bienfaits.

Mad. GOURVILLE, *à Lefranc.*

Conduisez mademoiselle.

(*Lefranc fait sortir Pauline par la porte de côté, tandis
que M. Gourville et ses gens entrent par le fond.*)

SCÈNE X I.

Mad. GOURVILLE, JACQUOT, LEFRANC,
M. GOURVILLE, *précédé de tous les domestiques de
la maison.*

CHŒUR DE DOMESTIQUES.

Air : J' vous r'mercions not' bon seigneur.

Ah ! quel plaisir rempli d'appas
De surprendre sa femme !
Voir l'époux qu'elle n'attend pas,
Quel beau jour pour madame !

(*Pendant le chœur, Mad. Gourville se jette dans les bras
de son mari, et tous deux restent embrassés.*)

M. et Mad. GOURVILLE.

Air : Faut-il s'étonner.

Reste sur mon sein, contre mon cœur,
Que dans mes bras je te presse ;
Reste sur mon sein, contre mon cœur,
O moment plein de douceur !

LEFRANC.

Amis, voyez-vous
Ces heureux époux ;
Comme tous les deux
Ils sont heureux !

LEFRANC, JACQUOT.

Moment plein d'attrait !
Bonheur parfait !
Le cœur plein de leur tendresse,
Tous les deux
Ils sont heureux.

GOURVILLE.

Je retrouve enfin les bois, les champs !
Cet asyle
Est si tranquille !
Je retrouve enfin les bois, les champs !
Ah ! j'y veux rester bien long-temps.

CHŒUR.

Il vient retrouver les bois, les champs !
Cet asyle
Est si tranquille !
Il vient retrouver les bois, les champs !
Il y restera long-temps.

(*Pendant les derniers mots de ce chœur, Gourville voulant
se débarrasser de sa cravache et de ses gants, va pour
les porter sur la table, il apperçoit le chapeau de Gercour, et fait un mouvement de surprise qu'il dissimule.*)

GOURVILLE, *à part.*

Un chapeau d'uniforme... Et, ço, Lefranc parti comme
un éclair pour annoncer mon retour... Ciel!

Mad. GOURVILLE.

Mon ami, vous êtes venu à cheval, c'est un voyage
pénible.

GOURVILLE, *toujours occupé du chapeau.*

Oui, pénible... je le crois.

Mad. GOURVILLE.

Vous avez sans doute gagné de l'appétit! Lefranc,
faites-nous servir.

LEFRANC.

Oui, madame.

Mad. GOURVILLE.

Si j'avais été prévenue de votre retour...

GOURVILLE, *l'air préoccupé.*

Effectivement, vous ne m'attendiez pas
pour aller...

GOURVILLE.

Non, d'après votre dernière lettre... Mais la surprise
ajoute au plaisir.

GOURVILLE.

Au plaisir!

Mad. GOURVILLE.

En douteriez-vous?

GOURVILLE.

Non, madame. (*A part.*) Contraignons-nous.

Air : *Quel ton d'indifférence.*

Dissimulons ma peine!

GOURVILLE, *à part.*

Mais quelle humeur soudaine !

Mad. GOURVILLE.

Pour quelle raison...
D'où vient ce trouble et qu'a-t-il donc?
un peu d'humeur sans raison...

ENSEMBLE.
{
Avait-je raison...
De concevoir des soupçons
Est-ce une trahison !
Quel sujet la ramène
Dans sa maison !
Quelle en est la raison.
}

PAULINE,
Mad. GOURVILLE, *haut.*

Quelque chose vous inquiète ?

GOURVILLE.

Je pourrais vous en dire autant.

Mad. GOURVILLE.

Je vous vois, je suis satisfaite.

GOURVILLE, *avec contrainte.*

Ainsi que vous je suis content.

Mad. GOURVILLE, *à part.*

De l'humeur sans raison !

GOURVILLE, *à part.*

Est-ce une trahison !

CHŒUR DE DOMESTIQUES.

Ah ! quel plaisir rempli d'appas
De surprendre sa femme !
Voir l'époux qu'elle n'attend pas,
Quel beau jour pour madame !

(*Pendant ce chœur, Gourville reste immobile et rêveur
sur le devant de la scène ; sa femme l'observe d'abord quelques instans, et va enfin l'inviter à lui donner la main
pour aller se mettre à table. Lefranc, qui s'est apperçu
que le chapeau de Gercour est resté sur la table, guette
l'instant de l'enlever ; ce qu'il fait au moment où Gourville
s'en va avec sa femme. Il sort ensuite par la porte de côté,
et Gourville et sa femme, suivis de leur gens, par celle
du fond.*)

FIN DU PREMIER ACTE.

ACTE II.

SCÈNE PREMIÈRE.

Mad. GOURVILLE, *seule.*

J'AI fait dire à mademoiselle Ursule de venir me parler.
Il faut que je sache qui est Pauline... Mais me voilà
un peu embarrassée... Je croyais que mon projet de la
prendre avec moi plairait à mon mari, et par un caprice inconcevable, il s'y oppose... Je veux faire encore
une tentative auprès de lui ; peut-être serai-je plus
heureuse ... Mais je ne sais ce qu'il a aujourd'hui : préoccupé, rêveur, sombre, bourru, il gronde ses gens
et se tait avec sa femme... Et c'est là ce Verseuil,
autrefois homme à la mode, et la coqueluche de toutes
nos belles ! eh ! oui, sans doute.

Air :

Air : *J' n'avions pas encor quatorze ans.*

L'homme charmant dans son printemps,
Fêté, chéri de nos coquettes,
Change d'humeur avec le temps,
Quand il arrive à quarante ans :
De ses avantures secrètes
Il se souvient à chaque instant ;
Son ame inquiète et jalouse
Tourmente celle qu'il épouse ;
Et voilà comme un merveilleux ;
Bien séduisant, bien agréable,
Pour avoir été trop aimable
Est souvent le mari le plus ennuyeux.

(*Appercevant Gourville.*)

Mais le voici.

SCÈNE II.

Mad. GOURVILLE, M. GOURVILLE.

GOURVILLE, *à part.*

Madame est seule, et le chapeau a disparu.

Mad. GOURVILLE, *après un peu de silence.*

Savez vous, mon ami, que depuis votre arrivée, je
ne suis pas contente de vous ?

GOURVILLE.

Cela est très-fâcheux.

Mad. GOURVILLE.

Vraiment, vous n'êtes pas bien : quelque chose semble
vous tourmenter, et vous prenez ce temps pour me
fuir !... Si vous avez des peines, c'est avec moi qu'il
faut ou vous plaindre ou vous consoler.

GOURVILLE.

Vous me supposez donc quelque sujet de chagrin ?

Mad. GOURVILLE.

J'ai tort : cela devrait me paraître tout simple. Un
mari va dans le monde chercher le plaisir, et il revient
ensuite auprès de sa femme retrouver l'ennui.

GOURVILLE.

L'ennui !... Un mari n'en est pas toujours quitte à si
bon marché.

Mad. GOURVILLE.

C'est pourtant ce qu'il a de pis. (*gaîment.*) Allons ;
quittez cet air sombre ; l'humeur n'est bonne à rien...
La belle chose pour un homme, d'aller bouder dans
un coin comme un enfant !

D

G O U R V I L L E.

Permettez-moi de vous dire , madame , que ce ton de gaîté est ici très-déplacé.

Mad. G O U R V I L L E.

Eh ! quoi ! vous revenez après un mois d'absence , et ma gaîté vous étonne !

G O U R V I L L E.

Qu'il y a loin de cette gaîté frivole au plaisir vif et senti que doit causer le retour de l'objet aimé ! mais une femme est incapable d'éprouver un véritable amour.

Mad. G O U R V I L L E.

Vous en voulez beaucoup à ces pauvres femmes !... Mon ami, c'est un travers, et je veux vous en corriger.

G O U R V I L L E.

Eh ! madame, vous feriez mieux de chercher à corriger votre sexe, à le rendre plus raisonnable, et vous m'obligeriez de commencer par vous.

Mad. G O U R V I L L E.

Par moi ! mais vous n'y songez pas : que pouvez-vous me reprocher !... Je vois assez gaîment ce qui pourrait me paraître fort triste ; je ne trouve pas trop mal les gens qui ne sont pas bien, je m'amuse de ce qui ferait peut-être le tourment d'un autre ; il me semble que c'est faire un très bon usage de ma raison , et je me trouve très-raisonnable.

G O U R V I L L E.

Vous n'êtes pas difficile.

Mad. G O U R V I L L E.

Bien obligé . . . Qu'on dise encore que les hommes n'ont pas de franchise.

G O U R V I L L E.

Je ne connais rien de si équivoque que le cœur d'une femme.

Mad. G O U R V I L L E.

C'est que vous ne vous connaissez pas.

G O U R V I L L E.

Je soutiens qu'il n'y a pas un homme qui n'ait droit et raison d'être jaloux... Vous entendez bien que je ne parle pas de moi.

Mad. G O U R V I L L E.

En parlant de tous les hommes ?

G O U R V I L L E.

Assurément, on ne dira pas que je suis jaloux.

Mad. G O U R V I L L E.

Prenez garde : vous me répéterez tant que vous ne l'êtes pas, que je finirai par croire que vous l'êtes.

GOURVILLE.

Ma façon de vivre avec vous a-t-elle donc le cachet
de la jalousie ?

Mad. GOURVILLE.

Il y en a de plusieurs nuances.

GOURVILLE.

Air : *De M. Champein.*

L'homme inquiet et défiant
Que tourmente l'humeur jalouse,
Toujours criant,
Contrariant,
Fait le malheur de son épouse.

Mad. GOURVILLE.

Fi donc ! du scandale, du bruit !...
Cette humeur-là n'est pas la vôtre.
Mon cher époux a trop d'esprit
Pour être jaloux comme un autre.

GOURVILLE.

Vous voyez les gens que vous voulez voir... Je ne
m'informe pas qui vous avez reçu hier, aujourd'hui....
ce matin...

Mad. GOURVILLE.

Vous savez bien qu'ici je n'ai pu recevoir personne.

COURVILLE.

Au moins, rien ne vous obligerait d'en faire un
mystère.

Mad. GOURVILLE.

Oh ! sans doute... Mais parlons d'autres choses.

GOURVILLE, *à part.*

Cette conversation l'embarrasse.

Mad. GOURVILLE.

Vous m'avez refusée un peu brusquement relativement
à Pauline.

GOURVILLE.

Prendre une femme de plus, à quoi bon !

Mad. GOURVILLE.

Vous ne m'avez pas entendue... Pauline a été bien
élevée... C'est une compagne que je veux m'attacher,
qui sera toujours avec moi, et... (*Souriant.*) dont la
présence continuelle...

GOURVILLE.

Serait une fort triste société, et vous engagerait à
une surveillance pénible. (*A part.*) Le galant de madame passerait pour l'amant de mademoiselle : je ne
veux point de prétexte.

D 2

Mad. GOURVILLE.

Cette jeune personne est honnête.

GOURVILLE.

D'accord ; mais vous la dites fort jolie : votre maison serait bientôt le rendez-vous de tous nos étourdis.

Mad. GOURVILLE.

Vous avez une manière de voir un peu étrange.

GOURVILLE.

Je vous assure, madame, que vous ferez fort bien de renoncer à ce projet.

Mad. GOURVILLE.

Si c'est un ordre...

GOURVILLE.

Un ordre !... Où prenez-vous cela ! voulez-vous me faire passer pour un despote, parce que je vous conseille ! Au surplus :

Air : *Vaudeville des Visitandines.*

Vous êtes libre en cette affaire.

Mad. GOURVILLE.

Oh ! oui, je le sais comme vous....
Femme est toujours libre de faire
Tout ce qu'il plaît à son époux.   (*Bis.*)
Dans les liens du mariage,
Sûr de notre docilité,
On nous parle de liberté,
Mais on nous en défend l'usage.

GOURVILLE.

Mais enfin, cette fille, qui est-elle ! d'où vient-elle ! et quel intérêt si pressant pouvez-vous y prendre !

Mad. GOURVILLE.

Celui qu'inspire le malheur à toute ame sensible.

GOURVILLE.

Vous pouvez lui faire du bien sans la prendre chez vous.

Mad. GOURVILLE.

C'est-à-dire que vous me le défendez !

GOURVILLE.

En vérité, madame, votre obstination est fort extraordinaire.

Mad. GOURVILLE.

Eh bien ! monsieur, n'en parlons plus ; jouissez bien de votre autorité... Mais je vous plains · la puissance suprême ne s'acquiert jamais qu'aux dépens du bonheur.

GOURVILLE.

Madame, ce ton d'ironie vous sied fort mal.

Mad. GOURVILLE, *gaîment.*

Air : *La pauvre fille a beau faire.*

A vos décrets c'est à moi de souscrire :
De ce refus rempli d'aigreur,
Un autre aurait beaucoup d'humeur ;
Quant à moi, je ne sais que rire
D'un courroux si hors de saison...
C'est faire preuve de raison.   (Bis.)

GOURVILLE.

Madame, finissons...

Mad. GOURVILLE.

C'est faire preuve de raison.

GOURVILLE, *étouffant d'humeur.*

Madame...

Mad. GOURVILLE.

(*Mineure.*)

Ma présence, je crois, vous blesse...
Eh ! bien , je vous laisse :
Mais , par justice ou par bonté ,
Approuvez ma docilité.

GOURVILLE.

Morbleu ! madame...

Mad. GOURVILLE.

A vos décrets , etc.

(*Elle sort lorsque Lefranc entre.*)

LEFRANC, *à madame Gourville au fond du théâtre.*

Madame , mademoiselle Ursule se rendra à vos ordres.

Mad. GOURVILLE.

C'est bon. Vous ferez monter la dernière malle qui
reste à ouvrir.

LEFRANC.

Oui , madame.

(*Elle sort.*)

SCÈNE III.

GOURVILLE , LEFRANC , *un papier à la main.*

LEFRANC.

Monsieur , voici la note des conditions auxquelles
Bertrand , votre fermier , vous propose le renouvellement
de son bail ; il vous prie de vouloir bien les examiner ,
et il reviendra tantôt savoir si elles vous conviennent.

GOURVILLE, *prenant le papier.*

Donnez.

LEFRANC, *à part.*

C'est le moment de lui annoncer mon mariage. (*Haut et hésitant.*) Monsieur, je vous dois prévenir qu'il m'est impossible de rester à votre service.

GOURVILLE.

Vous me quittez?

LEFRANC.

J'y suis obligé.

GOURVILLE.

Pourquoi? n'êtes-vous pas content de votre traitement? que ne parlez-vous?

LEFRANC.

Monsieur, ce n'est pas cela; je n'ai certainement qu'à me louer de vos bontés.

GOURVILLE.

Quelle est donc cette fantaisie?

LEFRANC, *avec embarras.*

Monsieur, c'est que... c'est que je me marie.

GOURVILLE.

Vous vous mariez! vous vous mariez!... Savez-vous ce que c'est que le mariage?

LEFRANC.

Le moyen de le savoir, c'est d'en essayer.

GOURVILLE.

Mon pauvre Lefranc, tu es las d'être heureux.

LEFRANC.

J'ai besoin de quelqu'un qui le soit avec moi.

GOURVILLE.

Air : *Il m'en faut une.*

Ah! c'est la femme
Qui fait notre malheur.

LEFRANC.

ENSEMBLE.

C'est de la femme
Que nous vient le bonheur.
Près d'elle le plaisir
Doit naître et s'embellir,
Et les chagrins de l'âme,
Qui peut les adoucir?
C'est une femme.

GOURVILLE.

Pauvre dupe!... Eh! qui peut te déterminer à cette folie! quelqu'argent peut-être.

LEFRANC.

Non, monsieur, celle que j'épouse est sans fortune; mais elle a tant de bonnes qualités.

GOURVILLE.

Oh ! sans doute , c'est un prodige... comme toutes celles qui sont à marier ; douces , insinuantes , il n'est rien qu'elles n'emploient pour nous subjuguer ; mais bientôt le charme cesse , et après les avoir aimées , on s'apperçoit qu'on devait les haïr.

LEFRANC.

Oh ! moi, je n'ai pas la vue si longue ; je ne m'amuse pas à songer à l'avenir quand il peut faire tort au présent ; et puis , monsieur , à quinze ans une femme n'a point de défauts.

GOURVILLE.

Quinze ans ! épouser une fille de quinze ans... à ton âge !

LEFRANC.

. L'âge n'y fait rien.

GOURVILLE.

Non !

LEFRANC.

Air : *Des Bossus.*

En l'épousant , aujourd'hui , je prétends
Égaliser le nombre de nos ans :
Elle a quinze ans , j'ai quarante-cinq ans ;
Je rajeunis , je lui cède quinze ans ,
Et nous voilà tous les deux à trente ans.

GOURVILLE.

Encore un rajeunissement pareil , et je vous vois en enfance. Mais enfin ce mariage n'est pas une raison pour me quitter : vous m'êtes nécessaire , je prétends que vous restiez.

LEFRANC.

Mais , ma femme...

GOURVILLE.

Eh bien ! votre femme logera avec vous, chez moi , et je vous ferai tous les avantages que vous pourrez souhaiter.

LEFRANC.

Si monsieur désirait voir ma future ?

GOURVILLE.

Comme vous voudrez.

LEFRANC.

Ah ! je suis bien sûr que vous ne pourrez qu'approuver mon choix.

GOURVILLE.

Mon cher Lefranc , je voulais t'empêcher de faire une folie ; mais puisque ton parti est pris , s'il t'arrive malheur , ce ne sera pas ma faute.

LEFRANC.

Oh ! je ne crains rien ; je ne suis pas comme beaucoup d'autres , moi ; je n'ai jamais eu une jeunesse ...
bien jeune.

Air : *J'en trouverai qui m'en donne.*

Qui n'a pas fait du printemps l'automne,
     Peut de l'automne
     Faire le printemps ;
Mais l'imprudent qui trop tôt moissonne ;
     Plus ne moissonne
     Quand il vient le bon temps.

     L'ardente jeunesse
     Courant aux plaisirs ,
     Dans la folle ivresse ,
     Épuise ses desirs :
     Mais un tel usage
     Ne fut pas le mien ;
     Moi, j'ai vécu sage ,
     Et je m'en trouve bien.

Qui n'a pas fait du printemps l'automne , etc.
             (*Il sort en chantant.*)

GOURVILLE, *le regardant aller.*
Il extravague !

S C È N E I V.

GOURVILLE , GERCOUR.

GERCOUR , *avec empressement.*
Eh ! le voilà donc ce Gourville tant desiré.
GOURVILLE.
Ah ! ah !... Gercour ici ?
GERCOUR.
Chez mon père , depuis fort peu de temps ; mais
vous , on ne vous attendait pas sitôt, j'en étais désolé ;
vous voilà, je suis enchanté de votre arrivée... Embras-
sons-nous donc. (*Il embrasse Gourville.*)
GOURVILLE, *à part.*
Mon dieu ! comme il m'aime !

GERCOUR.

Air : *Finissez donc , M. Simon.*

Qu'avec plaisir, mon cher cousin ,
Je vois qu'ici le hasard nous rassemble !
Qu'avec plaisir, mon cher cousin ,
Ici je trouve en vous notre voisin !

Il faudra gaîment
Nous voir fréquemment :
Je veux tous les jours que nous soyons ensemble ;
Vous viendrez chez nous ;
Nous viendrons chez vous ;
Ce sera pour nous
Le charme le plus doux.

Qu'avec plaisir , etc.

GOURVILLE, *à part.*

Il ne m'a jamais témoigné tant d'empressement.

GERCOUR, *à part.*

Lui parlerai-je de Pauline ?... Oh ! non , c'est à ma
cousine qu'il faut m'adresser ; les femmes sont plus sensibles , plus obligeantes.

GOURVILLE, *à part , examinant le chapeau
de Gercour.*

Eh ! mais... ou je me trompe fort, ou voilà le chapeau
que j'ai vu ce matin sur cette table... oui , vraiment....
Quel soupçon !

GERCOUR.

Ah ! ça , mon cousin , tu t'es marié , et je t'en fais
mon compliment ; c'est à qui dira du bien de ma cousine.

GOURVILLE, *avec un rire forcé.*

Il vaudrait mieux qu'on en dît rien ; la gloire des
femmes n'est pas de faire parler d'elles.

GERCOUR.

Quant l'éloge est une justice , il est beau d'en être
l'objet.

GOURVILLE.

Les hommes n'estiment pas toujours tout ce qu'ils louent.

GERCOUR.

Serait-tu mécontent de ton choix, et madame Gourville ?

GOURVILLE.

Oh ! c'est une femme moitié folie , moitié raison , vive
et dissipée , comme elles le sont toutes.

GERCOUR.

Ce caractère pourrait effrayer quelque grave philoso-
phe ; mais toi , mon cher, tu es bien tranquille ; la
gloire du passé te garantit le présent et l'avenir.

GOURVILLE, *à part.*

Oh ! oui, je reconnais le chapeau.

GERCOUR.

Tu as trop d'expérience pour redouter les disgrâces
qui n'arrivent presque jamais qu'à des maris qui les mé-
ritent.

GOURVILLE, *à part.*

Que veut-il dire ?

E

GERCOUR.

Aussi, ne les plaint-on guères ; c'est toujours la faute
de ces messieurs.

GOURVILLE.

A votre âge, on voit tout en beau ; les femmes sur-
tout... vous les croyais parfaites.

GERCOUR.

Parfaites ! non ; mais je crois qu'elles valent mieux
que nous ; on ne leur rend pas assez de justice ; les
maris sur-tout... tu conviendras qu'il y en a de bien
ridicules.

GOURVILLE.

. .Voilà bien le langage d'un célibataire.

GERCOUR.

Oh ! je penserai toujours ainsi.

Air : *Rondeau de M. Devienne.*

Si jamais je me marie,
Confiant, sensible et doux,
De mon épouse chérie
Je ne serai point jaloux.   (*Ter.*)

Ah ! si la femme est légère,
Si son cœur aime à changer,
Est-ce donc l'humeur sévère
Qui pourra la corriger ?
Contre le sexe, entre nous,
C'est envain que l'on déclame :
Souvent les torts de la femme
Sont l'ouvrage de l'époux.

Si jamais, etc.

Toujours constant, toujours fidèle,
Je n'existerai que pour elle ;
Seule elle fera mon bonheur :
Si quelqu'autre cherche à lui plaire,
Loin d'en montrer de la colère,
Redoublant de soin, de douceur,
J'obtiendrai qu'elle me préfère,
Et je saurai fixer son cœur.   (*Ter.*)

Si jamais, etc.

GOURVILLE.

C'est là un beau rêve ; mais je vous attends au réveil...
Jeune homme, quand vous connaîtrez bien les femmes.

GERCOUR, *avec transport.*

Ah ! je ne sais rien dans la nature de plus digne
d'émouvoir notre cœur qu'une femme aimable et sensible.

GOURVILLE.

Vous parlez en homme passionné.

GERCOUR.

C'est qu'en effet, la passion la plus vive, la plus tendre..

GOURVILLE.

Vous aimez ?

GERCOUR.

Jamais on n'a aimé comme j'aime ; je n'existe que pour l'objet de mon amour ; sa seule présence m'inspire je ne sais quel sentiment délicieux dont le charme est inexprimable.

GOURVILLE.

Vous êtes aimez ?

GERCOUR.

Je le crois.

GOURVILLE.

Heureux.

GERCOUR.

Non , et je prévois de grands obstacles; mais j'espère les vaincre ; et pour cela , j'aurai, je crois, besoin des conseils de ton expérience.

GOURVILLE.

Comment ?

GERCOUR.

Nous en parlerons dans un autre moment; aujourd'hui je suis pressé de voir ma cousine.

GOURVILLE.

Pressé !.. Mais vous l'avez vue ce matin.

GERCOUR.

Non : j'ai su qu'elle ne recevait personne en ton absence

GOURVILLE.

Vous m'étonnez.

GERCOUR.

Tu permets que je me présente chez elle ?

GOURVILLE.

Belle demande !

GERCOUR.

Tu me comble de joie… Cependant , je suis fâché d'une chose… Mon cher cousin , vous dites trop de mal des femmes… Vraiment cela porte malheur.

(Il sort.)

GOURVILLE.

Du persiflage !

R

SCÈNE V.

GOURVILLE, seul.

Je ne sais où j'en suis... Me trahirait-il ! En conter à la femme, et prendre le mari pour confident... Le tour peut être gai, mais il n'est pas neuf, et, morbleu ! je ne suis pas d'humeur à jouer le rôle d'un sot... Ma femme infidelle ! Non, cela n'est pas croyable.... Cependant mes remarques, mes observations... Je n'ose me flatter d'être injuste... Cherchons à éclaircir mes doutes, et si je puis la convaincre... Eh bien ! que ferai-je ?.. de l'éclat, une scène qui me rendra la fable du public, et la risée de mes gens !... Eh ! à quoi bon tant de fracas !

Air : *L'Équipage.*

Jalousie,
Sombre frénésie,
Qu'inutilement
Tu fais notre tourment !
On s'irrite,
On crie, on s'agite,
On se tourmente bien,
Et l'on n'empêche rien.

(*Il se remet à la table pour examiner le projet du bail.*)

SCÈNE VI.

GOURVILLE, LEFRANC, PAULINE.

LEFRANC, *conduisant Pauline qui hésite.*
Le voilà seul, approchons.

GOURVILLE, *sans voir Lefranc ni Pauline.*
Voyons ce bail... Premier article que je ne veux pas. (*Il raye sur le papier qu'il tient.*)

LEFRANC, *toussant pour se faire remarquer.*
Hem !

GOURVILLE, *sans regarder.*
Qu'est-ce ?

LEFRANC.
Monsieur, c'est moi,... et la personne dont je vous ai parlé.

GOURVILLE, *sans regarder.*
Ah ! ah !

LEFRANC, *bas à Pauline.*
Il est occupé... Attendons.

PAULINE, *bas à Lefranc.*

Vous ne m'avez pas dit pourquoi il me faisait venir.

LEFRANC, *à demi-voix.*

Air : *Dès que la nuit sombre.*

Laissez vous conduire ;
Monsieur veut vous avoir :
Ce qu'il doit vous dire ,
Vous l'allez savoir.
Parlez sans contrainte
Dans cet entretien ; } *Bis.*
N'ayez nulle crainte ,
C'est pour votre bien.

GOURVILLE , *sans les regarder , à voix haute ,*
toujours parcourant le bail.

Si votre avantage
S'y trouve à tous deux ,
J'approuve ces nœuds.

PAULINE , *à demi-voix.*

Quel est ce langage !

LEFRANC , *à demi-voix dans tout le morceau.*

Son dessein , je gage ,
Doit combler vos vœux.

GOURVILLE , *même jeu dans tout le morceau.*
Lefranc est brave homme...

LEFRANC.
Oui , c'est un brave homme
Qui vous aime bien.

GOURVILLE.
Il est économe..

LEFRANC.
Je suis économe ,
Vous le verrez bien.
ENSEMBLE. {   PAULINE , *à part.*
Je n'y comprends rien.

GOURVILLE.
Vous lui serez chère...

LEFRANC.
Ah ! toujours plus chère ,
Plus chère à mon cœur.

GOURVILLE.
Il sera , j'espère ,
Bon mari , bon père...

LEFRANC.

ENSEMBLE.
{
Cet hymen prospère
Fera mon bonheur. *4 fois.*

PAULINE, *à part.*
Ciel dans ma misère,
Quel nouveau malheur ! *4 fois.*
}

GOURVILLE, *toujours sans regarder.*

Lefranc m'a dit que vous étiez sans fortune ; je me charge de vous doter.

PAULINE, *à part.*

Qu'entends-je !

LEFRANC.

Monsieur cette nouvelle générosité...

GOURVILLE.

Point de remercimens : soyez heureux l'un et l'autre, j'en serai fort aise.

PAULINE.

Mais, monsieur...

LEFRANC, *bas à Pauline, en l'interrompant.*

Chut !... N'allez pas le contredire ; je vous expliquerai tout cela.

GOURVILLE, *se levant et appercevant Pauline.*

Oh ! ciel !... (*Il reste frappé d'étonnement.*) Quels traits ! quelle ressemblence !... (*Il va pour aborder Pauline, s'arrête et détourne la vue. Lefranc, placé entre Gourville et Pauline, fait signe à celle-ci de ne rien dire.*) Malheureux ! quel souvenir elle me rappelle ! (*Il sort.*)

SCÈNE VII.

PAULINE, LEFRANC.

PAULINE.

Qu'est-ce que tout cela signifie ?

LEFRANC.

Que votre sort va changer, que la fortune vous sourit : oui, charmante Pauline, je n'ai pu vous voir sans vous aimer un peu ; je suis parti en vous aimant beaucoup, je reviens en vous aimant encore plus ; mon amour ne peut finir que par le mariage, et j'ai résolu de vous épouser.

PAULINE, *avec un peu de fierté.*

De m'épouser.

LEFRANC.

Y a-t-il rien là qui vous offense ?

PAULINE, *froidement.*

Nous ne sommes pas tout-à-fait d'accord.

LEFRANC.

Me refuseriez-vous ?

PAULINE.

Je ne songe pas à me marier.

LEFRANC.

Est-ce que je vous déplairais ?

PAULINE.

Mais si j'épouse quelqu'un , je veux d'abord l'aimer.

LEFRANC.

Et vous ne m'aimez pas ?

PAULINE.

A peine je vous connais.

LEFRANC.

Mais je ne vous connais pas d'avantage , moi, et il me semble qu'il ne faut qu'un moment pour s'aimer à la folie.

PAULINE.

Je suis bien fâchée de ne pouvoir penser comme vous.

(*Elle sort.*)

SCENE VIII.

LEFRANC, *seul et resté interdit.*

Me voilà bien avancé avec mon amour !... Je ne m'attendais pas à la réponse de Pauline... Une fille qui n'a rien !... Je suis piqué d'un pareil dédain... Mais pourquoi me décourager !... Le premier mot d'une femme n'est pas toujours son dernier mot...

SCÈNE IX.

LEFRANC, URSULE.

URSULE.

Ah ! monsieur Lefranc , je suis bien aise de vous rencontrer pour vous faire mes remercîmens... Sans doute , c'est à votre bonne recommandation que je dois les bontés de madame pour ma chère Pauline... Quel brave homme vous êtes ! que nos cœurs sont bien faits l'un pour l'autre ! Et combien je me félicite !...

LEFRANC, *fort embarrassé de sa personne.*

Voici madame...   (*Il sort.*)

SCÈNE X.

Mad. GOURVILLE, URSULE.

Mad. GOURVILLE.

Mademoiselle , je vous attendais avec impatience.

URSULE, *avec volubilité.*

Je vous demande pardon de n'être pas venue plutôt, madame ; mais si vous saviez... Dans un ménage , on a toujours tant d'occupation... Sur-tout moi qui aime l'ordre et l'arrangement...

Mad. GOURVILLE.

Je vous ai fait prier de passer chez moi pour me donner quelques renseignemens sur la jeune personne dont vous prenez soin , et qui m'inspire le plus vif intérêt.

URSULE.

C'est ce que m'a dit Pauline ; elle ne cesse de parler de l'accueil obligeant qu'elle a reçu de madame.

Mad. GOURVILLE.

Depuis quel temps , et par qui Pauline vous a-t-elle été confiée ?

URSULE.

Ah ! madame ; c'est une histoire que je n'ai jamais contée à personne, car, dieu merci, mon défaut n'est pas de causer avec le premier venu ; mais vis-à-vis de madame, c'est autre chose ; on connaît son monde , et comme disait feu mon frère...

Mad. GOURVILLE.

Vous saurez donc , madame , qu'il y a environ seize ans , il arriva dans ce pays une jeune personne qui paraissait avoir fait un assez long voyage à pied. Elle s'arrêta dans l'auberge du village , où elle tomba malade. Sa tête paraissait troublée ; elle ne parlait que de mourir, pleurait, gémissait , et dans son délire , accusait un homme d'être la cause de tous ses maux. Elle fut plusieurs mois dans cet état, et n'en sortit qu'après avoir donné le jour à Pauline. Sa naissance mit la mère dans le plus grand danger, et l'on désespérait déjà de sa vie, quand mon frère le curé se présenta chez elle. Cette infortunée lui conta comment son amant , trompé par des fausses apparences, s'était cru trahi, et l'avait abandonnée sans vouloir aucune explication.

Mad. GOURVILLE.

Ah ! l'injustice des hommes a coûté tant de larmes à l'innocence !

URSULE.

Mon frère, vivement touché, lui promit de veiller au sort de son enfant : on apporta Pauline, qu'il prit dans ses bras, la pressant contre son sein, il jura de devenir son appui, et de la faire élever comme un enfant dont Dieu lui-même le nommait père et lui ordonnait de prendre soin.

Mad. GOURVILLE ,

Mad. GOURVILLE, *attendrie.*

Air : *En amour c'est au village.*

Ah ! l'honnête homme de frère !

URSULE.

Que n'avez-vous pu le voir !
Bienfaisant par caractère,
Encor plus que par devoir...

Mad. GOURVILLE.

Parmi nous, le ciel prospère
Met quelques honnêtes gens
Pour effacer sur la terre
Les maux qu'y font les méchans.

URSULE.

Enfin, après la mort de la mère, ce brave homme a
tout fait pour Pauline : elle avait à peine sept ans qu'il
la mit dans une maison d'éducation, et elle n'est avec
moi que depuis un an que mon frère n'existe plus.

Mad. GOURVILLE.

Que je plains le sort de la malheureuse mère !...

URSULE.

Moi, je suis bien sûre que Caroline n'était pas coupable.

Mad. GOURVILLE, *avec étonnement.*

Caroline !

URSULE.

C'est si vrai, qu'avant d'expirer, elle a écrit sa jus-
tification, et dans ces momens-là on n'en impose pas.
Elle y déclare que victime des injustes soupçons de Verseuil.

Mad. GOURVILLE.

O ciel !... Quel nom avez-vous dit !

URSULE.

Celui du père de Pauline, de Verseuil.

Mad. GOURVILLE, *à part.*

Dieux !... mon époux !

URSULE.

Un ci-devant chevalier de Malthe, capitaine de dra-
gons, qui, dans le temps, a passé en Amérique, et
dont jamais mon frère n'a pu avoir de nouvelles...
L'auriez-vous connu ?

Mad. GOURVILLE.

Oui, je le connais. (*A part.*) Quelle surprise !

URSULE, *avec joie.*

Est-il possible !... Eh ! quoi ! ma chère Pauline serait
assez heureuse pour retrouver son père !...

Mad. GOURVILLE.

Sans doute, elle le retrouvera... Je l'espère, au moins,
et ce sera mon ouvrage... (*A part.*) mais comment

F

m'y prendre?.. En abandonnant ainsi Caroline, il faut
que Verseuil se soit cru certain d'être trahi... Comment
lui présenter la fille sans justifier la mère... Eh! mais...
Oui, vraiment... (*Haut.*) Dites-moi : Cette déclaration
de Caroline, l'avez-vous ?

URSULE.

Non, madame, mon frère l'a déposée chez un notaire,
à deux lieues d'ici, elle y est encore.

Mad. GOURVILLE.

Il faut promptement se la procurer... Je n'ai personne
dont je puisse disposer dans ce moment-ci, chargez-
vous d'écrire au notaire, et de faire sur-le-champ partir
quelqu'un du village.

URSULE.

Oui, madame, c'est bien aisé, le notaire est de nos
amis, il vient souvent nous voir... C'est mon frère qui
l'avait marié avec la fille d'un bien honnête homme,
qui était autrefois...

Mad. GOURVILLE.

De grace, ne perdez pas un instant.

URSULE.

Vous avez raison, madame... C'est que je suis si troublée... La surprise, la joie ... Oui, oui, je m'en vais.
(*Tout en s'en allant.*) Si pourtant je n'avais rien dit,
madame n'aurait pas deviné que Pauline est fille de M.
de Verseuil ; et moi, je n'aurais pas appris que ce
monsieur de Verseuil que je cherche depuis si long-temps,
est connu de madame; ce qui fait bien voir que lorsqu'on parle à propos... (*A mesure qu'elle s'éloigne, sa
voix s'affaiblit pour le spectateur, qui entend à peine ses
derniers mots.*)

SCÈNE XI.

Mad. GOURVILLE, *seule.*

Air : *Venez voir dans le village.*

Juste ciel ! sois-moi propice :
Ah ! seconde mon desir;
Que Gourville, s'attendrisse,
Que Pauline le fléchisse :
Ah ! puissé-je réussir.
Réparer une injustice,
Est-il un plus doux plaisir !
Ah ! puissé-je réussir !

Juste ciel ! etc.

SCÈNE XII.

Mad. GOURVILLE, GERCOUR.

GERCOUR.

Ah ! ma belle cousine , vous me voyez très-alarmé de ce qu'on vient de me dire.

Mad. GOURVILLE.

Quoi donc ?

GERCOUR.

Lefranc s'avise d'être amoureux de Pauline, il veut l'épouser ; mon cousin approuve le mariage , donne une dot à la future , et tout me fait craindre...

Mad. GOURVILLE.

Rassurez-vous : Pauline n'épousera point Lefranc.

GERCOUR.

Mais si Gourville veut l'y contraindre... Vous savez combien il est impérieux !

Mad. GOURVILLE.

Je vous répète que Pauline n'épousera jamais Lefranc.

GERCOUR.

Mais daignez m'expliquer...

Mad. GOURVILLE.

Qu'il vous suffise d'apprendre que votre union avec elle ne me semble plus impossible.

GERCOUR, *transporté de joie.*

Dieux !... Pauline !... Je puis espérer !.. Ah ! ma bonne cousine , vous êtes charmante... L'excès de ma reconnaissance. (*Dans son transport, il saisit la main de madame Gourville, et la porte à la bouche*)

Mad. GOURVILLE.

Que faites-vous ?

SCÈNE XIII.

LES MÊMES, GOURVILLE.

GOURVILLE , *à part, voyant le mouvement de Gercourt.*

Ciel !... Me voilà donc certain de leur intelligence !.. Il faut prendre un parti.

GERCOUR, *avec ivresse.*

Mon cher cousin , vous me voyez dans une joie ... dans un ravissement... Ah ! l'espoir d'être heureux est déjà le bonheur.

Mad. GOURVILLE , *à part.*

L'étourdi !

GOURVILLE, *à part.*

Le traître ! (*Haut.*) Vous êtes bien émue, madame ?

F 2

PAULINE,

Mad. GOURVILLE.

Oui, je viens d'apprendre un événement fort extraordinaire, et auquel je n'étais pas préparée.

GOURVILLE.

J'ai aussi à vous annoncer quelque chose à quoi vous
ne vous attendez pas.

SCÈNE XIV.

LES MÊMES, LEFRANC, JACQUOT.

LEFRANC, *portant une malle avec Jacquot.*
Avance donc.

JACQUOT.

Ah ! dame, c'est lourd.

GOURVILLE, *à Lefranc.*

Qu'est-ce que c'est que cela ?

LEFRANC.

La dernière malle de madame.

GOURVILLE.

N'y touchez pas, et qu'on refasse toutes les autres ;
nous retournons à Paris !

TOUS.

A Paris !

GOURVILLE.

Dans deux heures.

JACQUOT, *restant tout ébahi.*

C'est-y possible !

LEFRANC, *de même.*

Je n'en reviens pas.

GERCOUR, *à Gourville.*

Air : *Ma tendresse vous irrite.*

Vous partez ? eh ! quoi ! si vite...

GOURVILLE, *à part.*

Sa présence ici m'irrite.

GERCOUR, *à part.*

Un trouble secret l'agite.

Mad. GOURVILLE, *à Gourville.*

Mais quelle raison subite
Vous excite,
Vous force à partir ce soir ?

GERCOUR, *à part.*

Quel mystère ?

GOURVILLE.

Une affaire.

COMÉDIE.

Mad. GOURVILLE.
Une affaire.
Se diffère ;
Mais vouloir partir ce soir !
Je ne puis le concevoir.

ENSEMBLE.
GERCOUR, LEFRANC, JACQUOT,
Quoi ! vouloir partir ce soir !
Je ne puis le concevoir.
GOURVILLE.
Oui, nous partirons ce soir.
Oui, dès ce soir.

Mad. GOURVILLE, *bas à Gercour.*
Patience.
Il faut user de prudence ;
Ne perdez pas l'espérance.

ENSEMBLE.
GOURVILLE, *à part.*
Point d'éclat, point d'imprudence,
Dissimulons mon offense.
LEFRANC, JACQUOT, *à part.*
Pourquoi tant de diligence ?
Je m'y perds en conscience.
GERCOUR, *bas à Mad. Gourville.*
Il faut user de prudence ;
Vous me rendez l'espérance.

Mad. GOURVILLE, *bas à Gercour.*
Tout s'éclaircira, je pense,
Avant l'instant du départ.

ENSEMBLE.
GOURVILLE, *à part.*
Rompons leur intelligence,
Hâtons l'instant du départ.
LEFRANC, JACQUOT, *à part.*
Ah ! c'est une extravagance
Qu'un aussi brusque départ.
GERCOUR, *bas à Mad. Gourville.*
Eh ! mais vous pourriez, je pense,
Exiger quelque retard.

Mad. GOURVILLE, *bas à Gercour.*
Tout s'éclaircira, je pense.

ENSEMBLE.
GOURVILLE. (*idem.*)
Rompons leur intelligence.
LEFRANC, JACQUOT. (*idem.*)
Oui, c'est une extravagance.
GERCOUR. (*idem.*)
Vous me rendez l'espérance.

Mad. GOURVILLE. (*idem.*)
Mais il faut de la prudence.

GOURVILLE. (idem.)

Sans éclat, sans imprudence,
Rompons leur intelligence,
Hâtons l'instant du départ.

ENSEMBLE.

LEFRANC, JACQUOT. (idem.)

Je le dis en conscience;
Mais on pourrait bien, je pense,
Obtenir quelque retard.

Mad. GOURVILLE. (idem.)

Tout s'éclaircira, je pense,
Avant l'instant du départ.

Mad. GOURVILLE, GERCOUR, LEFRANC,
JACQUOT.

Quelle humeur sombre et bizarre
De Gourville ici s'empare !
Je n'y puis rien concevoir,
Non, je n'y puis rien concevoir.

ENSEMBLE.

GOURVILLE.

Qu'on me nomme esprit bizarre,
Peu m'importe, je déclare
Que ce soir je les sépare
Pour jamais ne se revoir.

FIN DU SECOND ACTE.

ACTE III.

SCÈNE PREMIÈRE.

JACQUOT, seul, arrangeant dans des corbeilles des
fruits qu'il vient de cueillir.

Air : *Par un beau dimanche.*

C'EST la grosse Agathe,
La fille à Thomas;
Sa beauté me flatte,
Je n' m'en défends pas.
Quand aux autres belles,
J' les r'garde passer ;
Et tout's ces d'moiselles
Ont beau m'agacer,
   J' n'aime pas Jeannette,
   J' n'aime pas Fanchette,
   J' n'aime pas Lison,
     Suzon,
     Manon,

Toinon ,
Gothon ,
All's ont pourtant queuq' p'tits appas;
Mais qu'est qu' c'est qu' ça !
Ah ! `   '
Ça ne vaut pas
La grosse fille à Thomas.

C'te fille-là , je gage ,
N'a jamais d' chagrin ;
De tout le village ,
C'est le boute-en-train ;
All' danse comm' quatre hommes
Sans s' faire presser;
Et tous tant que j' sommes,
All' peut nous lasser.

Aussi pour ce qui est d' la danse....

.J' n'aime pas Jeannette , etc.

SCÈNE II.

JACQUOT; LEFRANC.

LEFRANC.

Jacquot est bien heureux d'être gai.

JACQUOT.

Moi , au contraire, si j'étais gai, je ne chanterais pas,
d' peur d'user ma gaîté... Je chante parce que je suis
triste, pour tâcher d' rattraper ma bonne humeur.

LEFRANC.

Je n'ai pas envie de chanter, moi.

JACQUOT.

Tant pis.

LEFRANC.

Monsieur et madame ne cessent de se disputer; il se
fâche ; elle rit; plus il s'emporte , plus elle est gaie.

JACQUOT.

C'est drôle ça.

LEFRANC.

Je ne sais plus où j'en suis de mon mariage; se fera-
t-il? ne se fera-t-il pas? Partirons-nous? ne partirons-
nous pas?.. C'est impatientant... Eh! bon dieu! pourquoi
donc avoir tant cueilli de fruits?

JACQUOT.

Oh! dame , on m'a recommandé que l'dessert soit beau.

LEFRANC.

Quel dessert ?

JACQUOT.

J'avons du monde ce soir; M. Gercour, mademoiselle
Ursule, mademoiselle Pauline, tout ça soupe ici.

LEFRANC.

Tu badines ?

JACQUOT.

C'est moi qui les ai invités de la part de madame.

LEFRANC.

Elle invite Pauline à souper ici, ce soir ?

JACQUOT.

Oui, avoir un biau chapeau, une belle ceinture et
des biaux rubans que j' li ai portés d' la part de madame pour se faire brave.

LEFRANC.

Quel peut donc être le dessein de madame ?

JACQUOT.

All' dit qu'i faut qu' ce soir tout l' monde s' diver-
tisse dans la maison : j' crois même que li aura des
violons et qu'on dansera.

LEFRANC.

Quoi ! lorsque son mari se dispose à l'emmener...

JACQUOT.

All' se dispose à rester... All' a raison c'te femme ;
on sait ben que dans un ménage l' mari doit être l'
maître, y commande, c'est naturel ; la femme n'obéit
pas, c'est encore pu naturel... Pas vrai ?

LEFRANC.

Toutes ces tracasseries-là sont déplaisantes et me
donnent beaucoup d'humeur.

JACQUOT.

J'en sis fâché ; mais, t'nez, v'là vot' gaîté qui vous
arrive : j' vous laisse avec elle. (*Il sort et emporte avec
lui les corbeilles.*)

SCÈNE III.

LEFRANC, URSULE.

LEFRANC.

Pour le coup, je ne l'éviterai pas.

URSULE.

Ah ! je vous rencontre à la fin... Il y a long-temps
que je cours après vous.

LEFRANC, *voulant s'en aller.*

Pardon, j'ai tant d'affaires...

URSULE, *le retenant.*

Un moment... J'en ai appris de belles sur votre compte.

LEFRANC.

En vérité !

URSULE.

URSULE.

Pardi ! le tour serait joli ! Je vous le conseille : diantre ! les orphelines ne vous font pas peur... Mais puisque je t'aime, il faudra bien que tu oublie Pauline...

LEFRANC.

Vous croyez ça ?

URSULE.

Air : *D'une allemande suisse.*

Mon cher Lefranc,
En desirant
Ce mariage,
Tu n'étais pas sage :
A ton projet
Sur cet objet,
Renonce aujourd'hui sans façon.

LEFRANC.

Non.

URSULE.

Forme des vœux
Plus heureux,
Tu le peux ;
Pour toi d'amour le cœur d'Ursule
Brûle ;
Et tous les deux,
Si tu veux,
Je le veux,
Nous serons unis, mon garçon.

LEFRANC.

Non.

URSULE.

Pauline est bien,
J'en conviens ;
Je n'ai pas
Tant d'appas ;
Mais je serai plus fidelle
Qu'elle ;
Je chanterai,
Je rirai,
Je ferai,
Je serai
Le bonheur de ta maison.

LEFRANC.

Non.

URSULE.

Je sens vraiment, qu'en effet,
Je suis ton fait ;

C

Nos amours
Toujours
Nous donnerons de beaux jours ?
Répond donc oui, mon garçon.

LEFRANC.

Non.

URSULE.

Non, toujours non !
Pourquoi ce ton ?
Sans verbiage,
Le mariage
Est pourtant bon,
Et très-bon :
N'es-tu pas las d'être garçon ?

LEFRANC.

Non.

Et cent fois non, puisqu'il faut vous le dire ; je ne
veux pas me marier.

URSULE.

Je te dis, moi, qu'il faut que tu te maries, que tu
te marieras, et que je serai ta femme.

LEFRANC.

Vous !

URSULE.

Tu n'en épouseras jamais d'autre. D'abord, pour ce
qui est de Pauline, il ne faut pas que tu y songes...
Il y a des raisons pour cela.

LEFRANC.

Et quelles raisons ?

URSULE.

Suffit... Je sais ce que je dis ; mais je ne dis pas ce
que je sais... Cela se saura bientôt.

LEFRANC.

Expliquez-vous.

URSULE.

C'est un secret que je dois garder jusqu'à ce soir, et
la journée est trop avancée pour que je veuille manquer
à ma parole : en attendant, voici une lettre qu'il faut
que tu remettes à madame de la part de M. Gercour,
et tu lui diras que dès que l'exprès que j'ai fait partir
d'après ses ordres, sera de retour, je me rendrai près
d'elle.

LEFRANC.

Madame a envoyé un exprès... Et savez-vous pourquoi ?

URSULE.

Ça ne te regarde pas, fais ce que je te dis... Voilà
la lettre.

LEFRANC.

Ah ! ça, mais cette lettre...

URSULE.

Air : *Mi , mi , fa , re , mi.*

Confiance
Et complaisance,
J'exige cela de toi ;
Petits soins et prévoyance,
Tu les trouveras en moi.
Au revoir, Lefranc ;
Adieu, tendre amant ;
Adieu, bon ami,
Cher petit mari.

(*Elle sort.*)

LEFRANC.

Cher petit mari !... Elle n'en démordra pas.

(*Il prend la lettre et la met dans sa poche.*)

SCÈNE IV.

LEFRANC, GOURVILLE.

GOURVILLE , *qui a vu Ursule donner la lettre à Lefranc.*
Quelle est cette femme !

LEFRANC.

Monsieur, c'est une bavarde.

GOURVILLE.

Que vous disait-elle ?

LEFRANC.

Des extravagances.

GOURVILLE, *observant Lefranc.*
Elle vous a remis quelque chose en vous quittant !

LEFRANC.

Monsieur... c'est une lettre.

GOURVILLE.

Pour vous ?

LEFRANC.

Pour madame.

GOURVILLE.

Par quel hasard s'adresse-t-on à vous ?

LEFRANC.

Je n'en sais rien ; mais je n'y entends pas finesse...
voilà (*il lui donne la lette*); c'est de M. Gercour.

GOURVILLE.

De Gercour ! (*Il va pour l'ouvrir et s'arrête.*) Que
-je faire ! dévoiler mon déshonneur aux yeux de
domestiques, prouver ma sotte jalousie...

G 2

LEFRANC.

Si vous voulez la décacheter ?

GOURVILLE.

Air : *Vaudeville de l'Afficheur.*

Qui ? moi !.. non , je n'en ferai rien ,
Puisqu'elle s'adresse à ma femme.

LEFRANC.

Sans scrupule , monsieur peut bien
Lire les lettres de madame.

GOURVILLE, *avec effort rendant la lettre.*

Non , non , cessez de m'en parler :
Sur-le-champ allez la remettre.
Un tyran seul peut violer
Le secret d'une lettre.

LEFRANC, *à part.*

Voilà une belle parole et qui lui coûte cher.

GOURVILLE.

Allez... Veillez à ce que rien ne puisse retarder l'ins
tant du départ , et quelque chose qu'on vous dise, n
suivez que mes ordres.

LEFRANC.

Oui , monsieur. (*A part.*) Ma foi, si madame s'obs
tine à rester , nous aurons du tapage.   (*Il sort.*)

SCENE V.

GOURVILLE, *seul.*

Quand j'aurais lu cette lettre . en serais-je pl
avancé ?.. ce refus obstiné de partir peut-il me laiss
quelques doutes ?.. Une femme si tendrement aimée !
Eh ! que lui importe mon amour , ma douleur,
honte... Mais ce Gercour, quelle témerité ! .. que
audace !... Le traître !... Et je souffrirai patiemment
outrage !... Non, non : avant de quitter ces lieux,
veux prouver à l'étourdi qu'on ne m'offense pas im
nément. (*Il appelle Jacquot qui reparaît travaillant d
le jardin.*) Jardinier !

SCÈNE VI.

GOURVILLE, JACQUOT.

JACQUOT.

Monsieur.

GOURVILLE.

Tu sais où demeure Gercour ?

JACQUOT.

C'est tout près d' cheux nous.

GOURVILLE.

Va lui dire qu'il vienne à l'instant.

JACQUOT.

Oui, monsieur,... i' n' demandera pas mieux, i vous aime ben . c' cousin-là ; il est si fâché d' vous voir partir !.. Pardine ! il était ici tout-à-l'heure.

GOURVILLE.

Il était ici ?

JACQUOT.

Oui, mais il est en allé, i s' promenait sur la terrasse avec madame.

GOURVILLE.

Avec madame ?

JACQUOT.

Oui, monsieur, ils ont causé long-temps.

COURVILLE.

Tu pouvais entendre !

JACQUOT.

Certainement.

Air : *Toujours va qui danse.*

Écouter aux port's, il est clair
  Que ça n' doit pas se faire ;
Mais pour ce qui s' dit en plein air,
  Oh ! c'est une autre affaire ;
J'écoute d' l'oreille et des yeux,
  Et de toute mon ame ;
Avec ça qu' moi j' sis curieux...
  Ni pu ni moins qu'une femme.

GOURVILLE.

Eh ! que disait-on ?

JACQUOT.

Ah ! dame, ils disiont... ben des raisons... que c' voyage était désolant, qu' c'était un caprice d' vot' part... Sûrement, qu' disait madame, i m' fait venir m'établir à la campagne, i vient m'y trouver... i dit qu'il y rest'ra long-temps... Et ça madame a raison ; en arrivant, vous nous avez promis à tous...

GOURVILLE.

Après, après.

JACQUOT.

Eh ben ? après... madame disait encore qu' vous étiez le maître de retourner à Paris ; mais qu'all' voulait rester à la campagne.

GOURVILLE.

Nous verrons...

JACQUOT.

Qu'elle s'y trouvait heureuse...

Je le crois.

JACQUOT.

Et puis, monsieur Gercour disait qu' son bonheur dépendait du séjour de madame dans ce pays-ci ; c' qui fait que je vous conseille de ne pas partir.

GOURVILLE.

¡ Garde tes avis, et vas me chercher Gercour.

JACQUOT.

Oui, monsieur... Mais c' n'est peut-être pas la peine, puisqu'i soupe ici.

GOURVILLE.

Gercour !

JACQUOT.

Madame l'a invité... Mais c'est égal, je vas toujours li dire que monsieur l' demande.

GOURVILLE.

Gercour invité par ma femme !

JACQUOT, *appercevant Pauline.*

V'nez, v'nez, mamzelle, n'ayez pas peur ; monsieur est bon homme, quoique brusque.

(*Il sort.*)

SCÈNE VII.

GOURVILLE, PAULINE.

PAULINE, *à part, sans être vue de Gourville. Elle doit avoir un chapeau et une ceinture de ruban qui lui ont été envoyés par madame Gourville.*

Madame Gourville veut que j'aie un entretien avec son mari, et je tremble en l'abordant.

GOURVILLE, *sortant de sa rêverie, et appercevant Pauline.*

Ah ! ah ! c'est vous ?

PAULINE, *à part.*

Le cœur me bat.

GOURVILLE, *à part, examinant Pauline.*

Cette ressemblance est bien extraordinaire... Tous les traits de Caroline !... de la perfide Caroline !

PAULINE, *à part.*

Quelle douce émotion sa présence me cause !.. Sans doute, c'est le respect.

GOURVILLE.

Avancez.

PAULINE.

Monsieur, je venais vous prier...

GOURVILLE.

Rassurez-vous : mon départ ne dérangera pas votre mariage ; Lefranc peut rester.

PAULINE.

Ah ! monsieur, daignez m'entendre. Lorsque monsieur Lefranc vous a parlé de ce mariage, il ne m'avait pas consultée, et c'est malgré moi...

GOURVILLE.

Malgré vous.

PAULINE, *vivement.*

Je serais bien fâchée de vous déplaire ; mais n'exigez pas un sacrifice impossible ; ne me parlez plus d'un mariage qui ne me convient pas.

GOURVILLE.

Ainsi vous dédaignez mes bienfaits ?

PAULINE.

Non, mon cœur me porte à les desirer ; je sens que j'aurais du plaisir à vous devoir beaucoup ; mais j'aspire à votre amitié bien plus qu'à vos secours.

GOURVILLE, *à part.*

Quel langage !

PAULINE.

Madame à des bontés pour moi...

GOURVILLE.

Quoi ! c'est de vous que ma femme m'a parlé...

PAULINE.

Elle veut bien me donner un asyle auprès d'elle ; mais quel serait mon bonheur si vous approuviez cette généreuse résolution !

GOURVILLE, *avec intérêt.*

Quoi ! Pauline !...

PAULINE.

Contente de rester près de vous, je vous chérirais comme un bienfaiteur, et vous servirais comme un maître.

GOURVILLE, *avec bonté.*

Y pensez-vous ? l'état humiliant de la servitude peut-il vous convenir ?

PAULINE.

Quand la servitude est volontaire, il n'y a plus de honte, et l'amitié l'ennoblit.

GOURVILLE, *avec sensibilité.*

Ce langage affectueux et tendre me touche et m'intéresse... Vous paraissez mieux élevée qu'on ne l'est ordinairement au village... Qui donc êtes-vous ?

PAULINE.

Jusqu'à présent, une infortunée qui s'ignore elle-même, mais dont le triste sort semble vouloir s'adoucir.

GOURVILLE, *avec beaucoup d'intérêt.*

Et ! comment ?

.... Ah ! près de vous	Ah ! près de vous
Pauline est contente ;	Mon ame est contente ;
Je sens battre mon cœur	J'éprouve au fond du cœur
Et de surprise et de bonheur.	Et le plaisir et la douleur.

S_C È N E   V I I I.

L E S   M Ê M E S ,   L E F R A N C.

LEFRANC.

Monsieur , la voiture est prête ; mais madame ne
veux pas partir.

GOURVILLE, *à part.*

Fort bien... Elle espère que , fatigué de ses refus,
je m'en irai seul et la laisserai maîtresse de la maison..
Mais elle se trompe.

LEFRANC.

Que décide monsieur ?

GOURVILLE.

Je ne partirai pas.

LEFRANC, *à part.*

Allons , nouveau caprice.

GOURVILLE, *à part.*

Ce Gercour serait trop content de me voir éloigner..
Nous nous verrons auparavant... (*Réfléchissant.*) Mais
ne vaudrait-il pas mieux... feindre de partir ?... Oui,
suivons cette idée.

LEFRANC.

Je vais donc dire qu'on ôte les chevaux ?

GOURVILLE.

Non, je partirai.

LEFRANC.

Décidément ?

GOURVILLE, *à part.*

C'est un moyen sûr d'éclaircir les soupçons qui me
tourmentent... (*Haut.*) Adieu, Pauline.

PAULINE.

Vous partez ?...

GOURVILLE.

Il le faut ; mais je reviendrai , et à mon retour...
(*Avec expression.*) Adieu, ma chère Pauline.

                                (*Il sort.*)

LEFRANC.

Combien cet homme a de fantaisies !
(*Il fait un mouvement pour parler à Pauline , et se ret*
   ensuite comme quelqu'un qui est piqué.)

PAULINE, *suivant Gourville des yeux.*

Je ne sais si M. Gourville me quitte à regret ; me
c'est avec peine que je le vois s'éloigner.

SCÈNE IX.

PAULINE, Mad. GOURVILLE.

PAULINE.

Ah! madame, vous avez raison; monsieur Gourville
m'a témoigné de l'amitié, il a paru s'intéresser à mon sort.

Mad. GOURVLLE.

J'étais bien sûre qu'il ne vous verrait pas avec indifférence.

PAULINE.

Mais, madame, savez-vous qu'il m'a quittée pour
monter en voiture et partir à l'instant?

Mad. GOURVILLE.

Partir sans moi... il n'en fera rien... Eh! mais....
j'entends le bruit d'un carrosse... (*Elle écoute.*) Oui,
vraiment... il s'en va... Que faire?... Ce papier qui
n'arrive point, et sans lequel je ne puis rien pour vous.

PAULINE.

Que voulez-vous dire?

Mad. GOURVILLE.

J'avais des projets qui pouvaient rendre cette soirée
bien intéressante pour tous... J'espère qu'ils ne sont
que différés... Cette conduite de Gourville est si peu
naturelle que je suis tentée de croire que ceci n'est
qu'un jeu... Au surplus, nous verrons. En attendant,
ma chère Pauline, parlons de Gercour.

PAULINE, *avec embarras.*

De Gercour?...

Mad. GOURVILLE, *à part.*

Il faut que je lise dans son cœur. (*Haut.*) Que pensez-vous de ce jeune homme?

PAULINE.

Ce que j'en pense?

Mad. GOURVILLE.

Soyez franche.

PAULINE.

Cette question m'embarrasse... Que puis-je répondre?

Mad. GOURVILLE.

Vous rougissez?

PAULINE, *baissant les yeux.*

Madame...

Mad. GOURVILLE.

Je vous entends... J'ai reçu une lettre de Gercour,
qui annonce un cœur vivement épris. (*Observant
Pauline.*) Il paraît décidé à tout sacrifier pour s'unir à
vous.

PAULINE.

Ah! madame, daignez lui faire voir les inconvéniens

H 2

d'un mariage si peu assorti ; Gercour est riche , il le
sera davantage ; et moi , je n'ai rien , je n'espère rien ,
tout nous sépare.

Mad. G O U R V I L L E.

J'aime fort cette manière de penser ; mais il ne faut
pas outrer la délicatesse.

P A U L I N E.

Ce serait bien mal reconnaitre l'affection de Gercour
que d'accepter sa main dans la situation où je suis ;
faire des vœux pour son bonheur , voilà la seule marque
d'attachement qu'il me soit permis de lui donner.

Mad. G O U R V I L L E , à part.

Aimable enfant ! si modeste et si sensible ! (*Haut.*)
Et bien ! ma chère Pauline , laissez-moi le soin de régler
votre destinée.

P A U L I N E.

...Oh ! oui , je jure à ma bienfaitrice de me soumettre
à toutes les loix qu'elle voudra m'imposer : quel sacrifice
pourra m'être penible , si elle daigne toujours s'intéresser
à moi !

Mad. G O U R V I L L E.

N'en doutez pas , Pauline . vous me serez toujours
chère... (*Avec douceur et souriant.*) Si pourtant ce pauvre
Gercour mérite d'être heureux , il faudra bien qu'il le
soit... Mais je veux m'assurer de ses véritables sentimens...
Je l'apperçois ... Entrez dans ce pavillon , d'où vous
pourrez nous entendre.
(*Pauline entre dans le pavillon sans être vue de Gercour.*)

S C È N E   X.

Mad. G O U R V I L L E , G E R C O U R.

PAULINE , *dans le pavillon , dont elle entr'ouvre la fenêtre*
pour écouter la conversation.

G E R C O U R.

Ah ! ma cousine , je vous cherchais... Concevez-vous
Gourville ? Il me fait dire de venir lui parler sur-le-
champ ; je me presse , j'arrive , il est parti.

Mad. G O U R V I L L E.

J'en suis aussi surprise que vous , et beaucoup plus
contrariée... car enfin , si Gourville est parti réellement ,
vous sentez que mon devoir est de le suivre.

G E R C O U R.

Et Pauline ?

Mad. G O U R V I L L E.

Pauline !... Écoutez, Gercour , par intérêt pour vous-
mème , je ne puis approuver vos projets, ils ont besoin
d'être réfléchis, et à votre âge...

GERCOUR.

O ma cousine !. je ne vous ferai point d'inutiles pro-
testations, de vains sermens ; mais j'aime Pauline , je
l'adore, et il m'est impossible de vivre sans elle.

Mad. GOURVILLE.

Bon ! tous les amans s'expriment de même.

GERCOUR.

Si, depuis que je la connais , j'ai cherché à corriger
en moi des défauts trop justement reprochés à la jeunesse ; croyez que je ne dois mes efforts qu'au desir de
lui plaire et à l'espoir de l'obtenir.

Mad. GOURVILLE, à part.

Que Pauline doit être contente ! (Haut et gaiement.)
Ce langage est très-édifiant... Ne craignez-vous pas de
devenir trop sage ?

GERCOUR.

De grace, quittez ce ton de plaisanterie.

Mad. GOURVILLE.

Eh bien ! puisqu'il faut parler sérieusement , dès que
j'aurai reçu un papier important que j'ai envoyé chercher, et qui devrait être arrivé , je partirai pour Paris,
où j'emmène Pauline.

GERCOUR.

O ciel !

Mad. GOURVILLE.

Peut-être est-ce un service que je vous rends.

Air : *Heureux moment !*

Que dites-vous ? ô peine extrême !
Renoncer à celle que j'aime !
Elle pourrait quitter Gercour,
Et trahir le plus tendre amour !
O peine extrême !
Renoncer à celle que j'aime !
Elle pourrait quitter Gercour,
Et trahir le plus tendre amour !
Ah ! par pitié, chère cousine,
Conduisez-moi près de Pauline.
    Je veux la voir,
    C'est mon espoir.   } Bis.
Pauline en ce moment
Prendra pitié de mon tourment.
    Que je puisse la voir,
Oui , oui , c'est là tout mon espoir.
    Hélas ! rendez-vous.
    Je l'implore à genoux.   } Bis.

(Il se jette aux pieds de madame Gourville.)

SCÈNE XI.

LES MÊMES, GOURVILLE.

GOURVILLE, *paraît au haut de la terrasse.*

Aux genoux de ma femme !... (*Il reste immobile de fureur.*)

Mad. GOURVILLE, *à part.*

Gourville !... Ah ! j'avais raison... Il faut donner une leçon à mon jaloux.

GERCOUR, *toujours à genoux.*

Ma belle cousine ! croyez que le plus tendre amour..

Mad. GOURVILLE, *élevant la voix.*

Le plus tendre amour !... Comment résister à cela ! Levez-vous et suivez-moi.

GOURVILLE, *furieux, et descendant précipitamment la terrasse.*

O rage !... ô fureur ! Traître Gercour...

(*Mad. Gourville entre avec Gercour dans le pavillon, dont elle ferme la porte au moment où Gourville va pour y entrer ; ensuite elle ouvre la persienne en face du public, et l'on voit Pauline et Gercour, paraissant surpris des cris de Gourville. Mad. Gourville les fait tenir au fond du pavillon ; de sorte que, vus des spectateurs, ils ne peuvent l'être de Gourville.*)

Mad. GOURVILLE, *à la fenêtre.*

Eh ! mon dieu ! d'où viennent ces cris et ce vacarme ? (*Appercevant son mari.*) Ah ! c'est vous, monsieur...

GOURVILLE, *avec une fureur concentrée.*

Oui, perfide ! c'est moi... moi, qui témoin de la plus noire trahison...

Mad. GOURVILLE, *froidement.*

En êtes-vous bien sûr ?

GOURVILLE, *toujours avec fureur.*

Vous oseriez démentir...

Mad. GOURVILLE, *toujours froidement.*

Pourquoi pas ?

GOURVILLE.

Quoi ! lorsqu'à l'instant même...

Mad. GOURVILLE.

Ah ! souvent les apparences...

GOURVILLE.

Mais quand j'ai vu...

Mad. GOURVILLE.

Oh ! vu, vu... C'est bientôt dit ; mais il ne faut pas toujours croire ses yeux... Vous êtes sujet à ne pas voir très-juste.

GOURVILLE.

Morbleu ! madame...

Mad. GOURVILLE.

Allons, allons, calmez-vous ; la colère ôte le juge-
ment, et vous avez besoin de tout votre sang-froid.

GOURVILLE.

Je ne sais qui me tient...

Mad. GOURVILLE.

Là, là, remettez-vous, et causons tranquillement.

GOURVILLE.

Ce ton d'assurance m'indigne plus encore que mon
outrage... Femme perfide !

Mad. GOURVILLE.

Des injures ! dites ; cela soulage.

GOURVILLE.

Mais ce n'est pas de vous qu'il m'importe de tirer
vengeance.

Mad. GOURVILLE.

Ah ! de grands mots, de l'éclat !... En vérité, M. de
Verseuil, pour un homme d'esprit...

GOURVILLE.

Savez-vous, madame, que ce persiflage commence à
me fatiguer ?

Mad. GOURVILLE.

Vraiment ! c'est donc sérieusement qu'il faut me justifier ! Eh ! que ne parliez-vous (*Elle sort du pavillon
et paraît sur le perron de l'escalier.*) Me voilà prête à
vous répondre.

GOURVILLE.

Vous n'êtes pas seule dans ce pavillon ?

Mad. GOURVILLE, *sérieusement.*

J'y suis avec Gercour... (*Au nom de Gercour, Gourville fait un mouvement de fureur.*) et Pauline.

GOURVILLE, *confus.*

Et Pauline !...

(*Gercour et Pauline paraissent alors sur le perron.*)

Mad. GOURVILLE, *descendant.*

Oui, monsieur, et deux mots d'explication vous
auraient épargné ces cris et ce scandale vraiment ridicule.

SCÈNE XII et dernière.

LES MÊMES, URSULE, LEFRANC, JACQUOT.

URSULE, *accourant, un papier à la main.*

Madame, la voici... (*Elle voit Gourville, et veut
glisser mystérieusement le papier qu'elle tient [à] madame
Gourville.*)

GOURVILLE, *revenant de sa surprise.*

Mais enfin tout-à-l'heure... (*Voyant le papier que donne Ursule.*) Quel est cet écrit !

Mad. GOURVILLE, *lui donnant le papier sur lequel elle a jetté les yeux.*

Une leçon pour vous qui vient fort à propos... Lisez.

GOURVILLE, *parcourant l'écrit qu'on lui remet.*

Dieux !... Caroline !   (*Il lit.*)

» Au moment de paraître devant celui qui lit dans la
» pensée et juge nos actions les plus secrètes, je dé-
» clare que, victime des injustes soupçons de Verseuil,
» je n'ai pu survivre au chagrin d'avoir perdu son cœur
» et son estime... Je lui pardonne tous les maux qu'il
» m'a faits ; et je lui recommande sa fille ; qu'elle ap-
» prenne à respecter et à chérir son père ; qu'elle obtien-
» ne ses bontés et mérite sa tendresse ; c'est le dernier
» vœux de l'infortunée Caroline. »

(*Après avoir lu.*)

Ah ! combien je suis coupable !

Mad. GOURVILL, *lui présente Pauline.*

Pauline, embrassez votre père.

PAULINE, *aux pieds de Gourville.*

Mon père !... Ah ! mon cœur vous avait déjà nommé.

GOURVILLE, *la relevant.*

Viens dans mes bras, ma fille.

(*Il l'embrasse.*)

CHŒUR.

Air : De l'inconnue persécutée.

O jour heureux ! ô jour prospère !
Moment plein de douceur !
Sur le sein d'un tendre père,
Pauline épanche son cœur.
O jour heureux ! ô jour prospère !
Jouissons de leur bonheur.

GOURVILLE.

O ma fille ! depuis long-temps des doutes involontaires,
de pénibles regrets avaient trop su venger ta mère infortunée... Qu'il est malheureux celui dont l'injustice a
pu faire une seule victime !

Mad. GOURVILLE.

Tu vois, mon ami, combien il est facile d'être abusé
par les apparences, mêmes les plus évidentes.

GOURVILLE.

Oui, je reconnais enfin que sans la confiance la plus
absolue, il faut renoncer aux douceurs d'un commerce
intime, et à tous les charmes de l'amitié.

Mad. GOURVILLE,

Mad. GOURVILLE, *à Pauline, lui présentant Gercour.*

Deviens aussi ma fille et l'heureuse épouse de celui qui te mérite.

GERCOUR, *au comble de la joie.*

O ma chère Pauline ! Madame... Mon ami !

Mad. GOURVILLE, *à son mari.*

Voilà le bonheur qu'il réclamait à mes pieds.

GERCOUR, *à Gourville.*

Et qui veut encore devoir à l'amitié.

GOURVILLE, *unissant Gercour à Pauline.*

Et le père et l'ami confirme cette union.

JACQUOT, *sautant de joie.*

Bon ! ça va retarder le voyage.

LEFRANC, *poursuivi par Ursule.*

Laissez - moi donc tranquille... Je ne dis pas non ; mais donnez-moi le temps de me reconnaître, de faire mes réflexions.

URSULE.

Tout est réfléchi... Tu as quarante-cinq ans , j'en ai trente-neuf; tu te portes bien, je ne suis jamais malade; tu es bon garçon , je suis bonne fille , c'est tout ce qu'il faut pour se bien convenir , je m'en rapporte à M. Gourville et à toute la compagnie.

TOUS.

Elle a raison.

GOURVILLE.

Mais, oui : ce mariage-là me semble bien assorti , et je donne dix mille francs à mademoiselle Ursule pour présent de noces.

LEFRANC.

Ah ! puisque monsieur l'ordonne...

GOURVILLE.

Je le desire.

URSULE.

Et les desirs d'un bon maître sont des loix pour un serviteur fidèle... Tu y consens ?

LEFRANC.

Parbleu ! c'est encore plus aisé que de vous refuser.

URSULE.

Tu ne t'en repentira pas.

LEFRANC.

Dieu le veuille !

GERCOUR.

Époux aimables, généreux,
A nos femmes soyons fideles,
Et du soin de nous rendre heureux,
Reposons-nous sur elles.

GOURVILLE. (*Majeur.*)

Nous sommes tendres, empressés,
Tant qu'on nous tient rigueur extrême;
Mais nous n'aimons pas assez
La femme qui nous aime.

CHŒUR.

Époux aimables, etc.

Mad. GOURVILEL. (*Mineur.*)

Voulez-vous être aimé long-temps,
O vous qui nous croyez changeantes !
Songez que les maris constans
Font les femmes constantes.

CHŒUR.

Époux aimables, etc.

GERCOUR. (*Majeur.*)

Tout bas, pour être aimé toujours,
Mon cœur me dit ce qu'il faut faire;
Pauline, j'aurai tous les jours
Le desir de te plaire.

CHŒUR.

Époux aimables, etc.

PAULINE, *au Public.*

D'un père bien cher à mon cœur
J'éprouve aujourd'hui la tendresse,
Et rien ne manque à mon bonheur,
Si je vous intéresse.

Pauline veut se faire aimer,
Mais il faut vos bontés pour elle :
C'est à vous de légitimer
La fille naturelle

CHŒUR.

Pauline veut se faire aimer, etc.

FIN DU TROISIÈME ET DERNIER ACTE.

www.ingramcontent.com/pod-product-compliance
Lightning Source LLC
Chambersburg PA
CBHW021226260626
47172CB00002B/624